KB148174

37년 차 선배 교사의
따뜻한 응원

교사가
행복해야
교실이
행복해집니다

happy

37년 차 선배 교사의
따뜻한 응원

교사가
행복해야
교실이
행복해집니다

우승자 지음

더로드
The Road Books

"나는 대한민국 교사입니다"

학교를 생각하면 먼저 아이들이 떠오릅니다. 아이들을 만나면 마냥 좋았지요. 교복 단정하게 입은 모습, 예의 바른 태도, 반짝이는 눈빛, 고운 말투, 잘 정리된 사물함, 깔끔한 책상에 앉은 아이들을 만나면 기분 좋습니다. 어떻게 키우면 저렇게 자랄까! 예쁘다는 말이 저절로 나옵니다. 사랑스러운 아이들 덕분에 힘든 날도 이겨 낼 수 있었습니다. 한편 말썽꾸러기들도 해마다 만나지요. 하지 말라는 고약한 행동만 골라서 합니다. 저의 에너지를 다 빼앗아 갑니다. 아무리 그래도 아이는 아이입니다. 돌아서면 언제 그랬냐는 듯이 또 살갑게 다가오거든요. 미운 짓 하던 아이도 금세 예쁘고 사랑스럽습니다.

초등학교 때 저의 꿈은 선생님이었습니다. 6학년 담임선생님처럼 되고 싶었지요. 재미있는 이야기 들려주고, 같이 노래 부르고, 우리랑 놀아주는 선생님이었어요. 선생님이 안 계시는 교실에서 선생님 흉내를 내기도 하고, 동네 골목에서도 꼬마들 모아놓고 가르치는 역할도 하곤 했습니다. 비록 놀이였지만 똘망똘망한 눈으로 저를 바라보는 모습에 기분 좋았지요. '선생님~' 하고 부르며 제 주위로 몰려드는 꼬마들 덕분에 선생님 놀이는 항상 즐거웠습니다. 대학을 졸업하던 그해, 결국은 진짜 선생님이 되어 교단에 섰으니 저는 꿈을 이루었습니다.

그러고 보니 50년 넘게 "학교"라는 울타리 안에서 생활했네요. 16년은 배우는 학생으로, 37년은 가르치는 선생님으로 살았습니다. 학교는 내 삶의 무대였습니다. 그 무대를 벗어나야 하는 시간, 아직은 상상이 되지 않습니다.

처음 발령받고 교단에 섰을 때는 막막했습니다. 교육학에서 배운 이론은 실제 현장과는 달랐기 때문이었지요. 어떻게 지도해야 할지 몰라 겁나고 떨렸습니다. 그때는 지금처럼 다양한 교사 연수가 없었습니다. 학창 시절에 선생님들께 배운 것 중 좋았던 부분과 기억에 남아있는 내용 등을 활용하여 아이들을 만나는 것이 할 수 있는 전부였지요. 의욕은 넘쳤지만, 방법을 모르는 어리숙한 초보 교사 시절을 보냈습니다.

좋은 교사가 되기 위한 첫 번째 조건은 잘 가르치는 일이라고 생각했습니다. 잘 가르치려면 무조건 배워야 한다고 생각했지요. 기회 있을 때마다 배우고 또 배웠습니다. 교실에 돌아오면 배운 것을 바로 적용하면서 효과를 거두었습니다. 덕분에 한 걸음 한 걸음 성장해 갔습니다. 학생 지도에 좋은 방법을 찾는 고민은 헛되지 않았습니다. 배움에서 끝나지 않고 아이들에게 최적화하려는 노력으로 끝내 제 손에 남은 것은 '집단상담' 과 '배움 일기' 입니다. 그동안 피땀 흘리며 얻은 보물인 셈이지요. 땀과 노력은 정직합니다. 또 다른 저의 이름, '학급경영의 달인' 이라는 자랑스러운 명함이 붙었으니까요. 그 시간이 쌓여 어느새 퇴직을 앞두고 있습니다.

학교를 무대 삼아 전력 질주했던 37년간의 흔적을 기록했습니다. 저의 꿈처럼 어떻게 하면 좋은 교사가 될 수 있을까를 고민하는 후배 교사들에게 도움이 되고 싶었습니다. 선배 교사가 현장에서 시도하며 터득한 방법을 건네는 마음으로 이 글을 썼습니다. 막막했던 초보 교사 시절부터 학급경영의 달인이 되기까지의 다양한 경험을 녹여 냈습니다. 저의 이야기를 세대 차이로 느끼거나 꼰대의 잔소리로 듣지 않으면 좋겠습니다. 긴 세월 '아이들 바보'로 살았던 평교사의 '따뜻한 조언'이라 여겼으면 합니다.

1장에는 교사로 살아가는 이야기를 담았습니다. 천직이라 믿으며 오직 아이들만 바라보고 살았던 시간입니다. 사범대학을 졸업하고 막상 교사가 되었지만 쉽지 않았습니다. 수업에 대한 고민, 혼자 울었던 시간, 교무수첩에 적어 둔 메모들을 돌아보면서 열심히 살아온 저를 만났습니다. 관리자, 동료 교사와 잘 지내기 위해 지녔던 마음가짐을 돌아보았습니다. 단 한 명의 후배 교사라도 고개를 끄덕이는 부분이 있으면 더없이 좋겠습니다.

2장에서는 명예퇴직을 앞다투는 교직 현실의 안타까운 마음을 적었습니다. 저도 정년을 1년 앞두고 명예퇴직합니다. 무슨 일이 있어도 정년퇴직하겠다고 마음먹었지만, 몸이 따라주지 않습니다. 건강이 가장 큰 재산이라는 사실을 뒤늦게 알아차렸습니다. 정년까지 달리지는 못하지만, 교사로 살아온 시간은 제 삶의 전부입니다. 방황하면서도 방향을 찾아간 저의 이야기가 도움이 되기를 바라는 마음입니다.

3장은 제자들 이야기입니다. 첫해 제자인 효준이부터 최근에 근무했던 수일여중 아이들의 이야기를 담았습니다. 오랜 시간 함께했던 제자들과의 추억을 실었습니다. 아이들은 무엇을 배웠는지는 잊어도, 자신을 어떻게 대했는지는 잊지 않는다고 합니다. 제가 어떤 마음으로 아이들을 만났는지 제자들을 통해 알았습니다. 좋은 선생님으로 기억해주는 제자들이 있어 보람을 느꼈지요. 교사는 아이들의 성장과 발전을 위해 애쓰는 사람입니다. 넓은 대지에 씨앗 하나 뿌리는 일이지요. 열매 맺기까지 오랜 시간이 필요합니다. 아이들은 교사의 사랑을 먹고 자랄 때 그 뿌리가 더 견고해집니다. 잘 커 준 고마운 제자들 이야기는 제 믿음이 옳았음을 증명해 줍니다.

4장에서는 담임교사로 살면서 행복한 교실을 가꾼 이야기를 솔직하게 썼습니다. 3월 첫 만남부터 매일, 매주, 매월, 학기 말에 하는 일 그리고 학년말에 만드는 학급문집 만들기 등 저의 학급경영 이야기를 담았습니다. 최선을 다했던 저의 이야기가 반가운 선물이 되면 좋겠습니다. 담임으로 살아가기가 예전 같지 않습니다. 그래도 아이들에게 곁을 내어주는 교사가 되어야 합니다. 아이들은 믿어 주고 함께 있어 주면 선생님의 마음을 늦게라도 알아주거든요. 교사가 행복하면 교실이 행복해집니다. 제가 겪어보니 맞는 말입니다. 어떻게 가꾸어 가느냐에 따라 교사와 아이 모두 행복한 교실은 만들 수 있습니다.

마지막 장은 나의 '행복 찾기' 이야기를 적었습니다. 제가 배운 프로그램들을 현장에서 녹여 내고, 동료 교사들과 나눌 때의 보람과 기쁨은 컸습니다. 아이들을 위해서 배우고 익혔지만, 그것이 곧 저의 행복이고 성장이며 힐링이라는 사실을 알았습니다. 새로운 삶을 꿈꾸며 뚜벅뚜벅 걸어갑니다. 익숙했던 학교 안 생활에서 낯선 학교 밖 세상으로 향합니다. 이제 해야 하는 일들보다 하고 싶은 일들을 먼저 하려고 합니다. 낯설지만 새로운 삶을 향하는 저를 힘껏 응원합니다.

'행복한 교실'이라는 키워드를 37년간 가슴에 품었습니다. 행복한 교사가 행복한 교실을 만든다고 믿었거든요. 아이들 곁에서 행복했습니다. 지금 이 책을 손에 들었다면 '행복한 교실'에 관심 있는 선생님이겠지요. 선생님이 행복하면 아이들도 행복할 거라는 믿음, 변함없습니다.

2023년 5월, 행복한 마음으로

우승자

"새로운 열정을 기대하며"

　　　　수일여자중학교에는 꽃이 참 많았다. 그리고 꽃처럼 아름다운 학생들과 선생님도 많았다. 그중에 더 열정적인 향기를 풍기는 꽃 같은 존재가 있었으니, 바로 우승자 선생님이다. 벌써 37년의 교직 생활을 마치고 퇴임하게 되었다. 보물 같은 선생님이 새로운 삶을 준비한다고 하니 가슴이 뭉클하다.

　　우승자 선생님은 내가 교장으로 재직하던 수일여중에서 많은 재능을 보여주었다. 가르치는 교사이면서 늘 배우는 사람이었다. 학생들에게 뿐만 아니라 선생님들에게도 재능을 나누었고, 여러 가지 프로그램들을 개발했다. 학생들은 따랐고, 선생님들은 부러워했다. 가르치는 전공에 더해 상담 연수는 흉내

내기 어려운 독보적인 진행으로 선생님들을 사로잡았다. 입소
문을 타고 여러 학교의 교사들을 가르치는 강사로도 역량을
펼쳤다. 그 재주와 열정이 뛰어났다.

교직계는 또 한 명의 좋은 스승을 떠나보내게 되었다. 좋은 선
생님에게서 좋은 제자가 태어난다. 인생에서 중요한 것은 성
공이 아니라 행복한 삶이라는 것을 우승자 선생님을 통해서
아이들은 배웠다. 숱한 제자들의 가슴에 늘 좋은 향기로 남을
선생님. 그보다 더 멋진 성공이 어디 있을까.

37년 동안 학생들과 함께한 세월을 돌아보며 한 권의 책을 펴
냈다. 마지막까지 뿜어내는 열정적인 에너지가 부럽다. 후배
교사들에게 못다 한 교육의 지침을 남긴다. 시집가는 딸을 두
고 돌아서는 친정엄마처럼 쉽게 발길이 떨어지지 않았던 모양
이다. 교사가 교사에게 건네는 진솔한 내용으로 가득하다. 읽
는 이에게는 웬만한 교육학 서적보다 더 생동감 있게 다가오
는 울림이 있을 것이다. 학창 시절부터 퇴임까지의 족적이 드
라마처럼 이어져 있다. 교육자들은 가슴으로 새겨두면 좋겠

다. 교사로서의 보람과 자부심, 그리고 열정을 닮아갈 수 있기를 바란다.

교육계의 영원히 빛나는 스승으로 남을 그녀를 이젠 보내야 한다. 그 아쉬움과 허전함을 달랠 수 있는 책 한 권이 많은 위로가 된다.

우승자! 저자의 이름처럼 또 다른 열정의 삶이 꽃피기를 축원한다.
저자의 행복한 교실은 학교 밖 삶에서도 계속될 것임을 나는 안다.

2023.05. 광교산자락 아래에서 쓰다

정병국(前 광교고등학교 교장)

"가르치는 삶, 진심이었다"

37년. 쉽게 상상하기 힘든 숫자입니다. 긴 세월 한 가지 일을 우직하게 해 온 사람이라면 뭔가 특별하지 않을까 기대했습니다. 그 특별함이 매우 특별한 내용은 아닐까, 호기심도 가졌고요. 원고 읽으면서 전혀 아니구나! 깨달을 수 있었습니다. 사랑과 정성. 글을 읽는 내내 두 개의 단어가 머릿속을 가득 채웠습니다. 특별한 무언가가 아니라, 모두가 알고 있는 두 가지를 실천하는 사람이었구나. 한편으로는, 사랑과 정성을 '대단히 특별한 무언가'로 여기지 않고 있던 저 자신이 부끄럽기도 했습니다. 역시 인생은 소중한 말과 생각을 어떻게 실천으로 옮기는가에 따라 결정되는 것이었습니다.

우승자 작가는 중등 교사로 일하고 있습니다. 이 책이 출간될

즈음이면 서른일곱 해를 갈무리하고 있겠지요. 떠나는 길 앞두고 현장에 남아있는 수많은 후배 교사들에게 도움이 될 만한 이야기를 담아 책으로 엮었습니다. '긴 세월, 아이들 바보로 살았던 평교사의 따뜻한 조언'이 세상 가운데 남게 되었습니다.

교육 제도, 교사 역량, 사회 분위기, 입시 문제, 사교육, 학교폭력 등 온갖 불편한 이야기들이 우리 마음을 어지럽히는 시대입니다. 참으로 오랜만에 가슴이 따뜻해지고 선생님을 향한 신뢰와 존경이 우러나는 글을 만난 것 같습니다. 기쁘고 행복합니다.

힘든 일도 많았겠지요. 교사가 된 걸 후회한 날도 있었을 겁니다. 그만두고 싶었던 적 왜 없었겠습니까. 그럼에도 저자는 '아이들 곁에 서 있을 때 가장 빛나는 교사'를 자처합니다. 공부를 게을리하지 않고 아이들과 함께 웃는 교사가 되어야 한다고 마지막을 장식합니다. 교정을 떠나는 날, 어쩌면 저자는 눈물을 흘릴지도 모르겠습니다. 아쉬움과 서운함일 테지요. 그러나, 그녀의 마음과 손끝을 스친 수많은 제자가 세상으로 나와 각자의 자리에서 몫을 다하고 있다는 사실을 잊지 말았으면 좋겠습니다.

작은 책 한 권이 세월을 모두 담지는 못했습니다. 하지만 아이들을 사랑하고 가르치는 일을 소중히 여긴 저자의 마음만큼은 생생하게 담겨있습니다. 수고하셨습니다! 잘하셨습니다! 이제 두 번째 삶으로 향하는 문을 열기 바랍니다. 그 안에서 또 한 번의 사랑과 정성을 빚어내길 응원합니다.

자이언트 북 컨설팅

대표 **이은대**

"사랑하는 동생의 새로운 시작을 응원하며"

37년! 너의 젊음과 열정이 새겨진 세월이구나. 세상의 수많은 직업 중에 가르치는 일을 택해서 오롯이 걸어온 네가 자랑스럽다. 이제 새로운 삶을 맞이할 시간이 되었구나.

퇴직은 또 한 번의 생애 전환기라고 볼 수 있는 시기이다. 언젠가는 네가 교직을 떠날 거라 생각은 했지만, 막상 37년간의 기록을 읽으니 뭉클하구나. 아이들을 사랑하고 달려온 긴 시간이 헛되지 않을 거라 여긴다.

"열정은 성공의 열쇠이고, 나눔은 성공의 완성이다"라고 워렌 버핏이 말했지. 인생의 성공이란 혼자만의 전략으로 사는 것이 아니라 베풀고 나누는 가치를 전하는 일이 아닐까? 수고했다.

애썼다. 힘든 고비가 많았을 테지만 내색하지 않고 잘 버텨내어 명예롭게 퇴직하는 너의 모습에 박수를 보낸다.

각본 없는 드라마가 있을까? 어릴 적부터 책을 좋아하고 가까이했던 너의 부단한 노력이 지금의 너를 만들었다고 생각한다. 무엇보다 너의 일을 진심으로 사랑하며 지냈다는 생각이 들어 감사했다. 지금 이 순간, 우리에게 베푸는 삶을 살아가라고 가르침 주셨던 어머니가 계셨더라면 하는 아쉬움도 달래본다.

> 『배우고 또 배우며 지금까지 왔다. 배움을 내 삶에 적용하고 이만큼 단단해진 것처럼 내가 가르치는 아이들도 배움의 짜릿함을 맛볼 수 있으면 좋겠다. 배움의 흔적들이 가득한 책상에 앉아 내일 수업 준비를 하는 이 시간, 또 한 번 성장하고 있다.』
>
> -본문 중에서

네가 쓴 글을 읽으니 교사로 살아온 시간이 눈에 보이는 듯하구나. 배우고 가르치는 삶을 통해 매일 성장했던 평교사의 이야기가 많은 후배 교사들에게 도움이 될 수 있을 거라고 확신한다. 네가 교사의 소명을 다하며 살아온 것처럼 학교 현장에서 애쓰는 선생님들이 위로와 공감을 얻을 수 있기를······.

앞으로 펼쳐질 새로운 길 위에서도 그동안 교사로서 다져온 역량을 충분히 꺼내어 살아가길 바란다. 이제 어엿한 작가가 되었구나. 더 큰 꿈을 향해 나아가는 너의 모습이 참 멋지다.

무엇보다 네가 건강한 모습으로 퇴직할 수 있음이 우리 가족에게는 가장 기쁘고 행복한 선물이다.
그동안 잘 살아온 것처럼 앞으로도 가르치는 사람으로서의 끈을 놓지 않길 바란다. 더 많은 사람에게 선한 영향력 펼치며 '작가' 라는 새로운 꿈을 향해 나아가길 응원할게.

명예로운 퇴직을 축하하며 막내 오빠가

우승관(前 부산동래경찰서장)

Contents
차례

제3장
제자들의 거울이 된 행복한 교사

제4장
행복한 교실 가꾸기

제5장
나의 행복을 찾아서

Part _01

〈제 1 장〉
교사로 살아가기

교사는 단순 직업인인가?

2020년 4월, 캐나다로 유학 갔던 둘째 아들 강빈이가 서둘러 귀국했다. 코로나바이러스가 무서운 속도로 전 세계로 퍼지고 있던 때였다. 한 학기만 남겨둔 상태라 원격수업으로 마무리하고 무사히 졸업했다. 전공인 무역과 관련된 일자리를 알아보더니 번번이 어려움에 부딪혔다. 집 근처에 있는 영어 학원에서 강사로 일하게 되었다. 유치원 아이들부터 초등학교, 중학교 아이들까지 가르치는 학원이었다. 학원의 특성상 밤늦게까지 일하고 왔다. 가르치는 직업이 얼마나 고단한 일인지 고개를 저으며 말했다.

"가르치는 일이 이렇게 힘든 줄 몰랐어요. 엄마는 30년이 넘도록 어떻게 하셨어요?"

한 번도 교사인 엄마에 대해 아무 이야기도 하지 않던 아들이 물어봐 주니 내심 반가웠다.

"그래, 막상 해보니 쉽지 않지? 어떤 부분이 힘들어?"

"일단, 학부모들 요구사항이 너무도 많아요. 성적이 안 오르면 무조건 교사 탓이라고 생각하거든요. 그리고 사춘기가 시작되는 아이들은 어떻게 대해야 할지 모르겠어요."

공통화제가 생기니 아들과의 대화가 즐거웠다. 교육자로 살아온 나의 정신적인 힘듦을 이제야 알아주는 듯했다. 사실 나는 학교의 일이 우선이었다. 그래서 세 아이에게 늘 미안한 마음이 있었다. 하지만, 학원 강사를 잠시 경험해본 아들은 교사인 엄마를 자랑스럽다고까지 말해준다. 열심히 사는 모습을 보여준 결과가 아닐까?

아이들을 만나는 일은 단순한 직업인 이상이다. 자신에게 주어진 업무를 처리하여 성과를 올리고 마땅한 보수를 받는 직장인과는 다르다. 교사는 살아 꿈틀거리는 아이들을 만나기 때문이다. 아이들의 말과 행동은 역동적이고 감정 변화가 시시각각 다르게 나타난다. 교사는 촉을 세우고 민감하게 대처해야 한다. 문제가 생기면 즉시 반응해야 한다. 아이들끼리의 사소한 다툼은 물론이고 거칠게 놀다가 다치는 일은 다반사이다. 사춘기가 시작되는 아이들이라 난폭한 말과 행동을 할 때도 있다. 교사의 본분은 아이들과 함께하는 일이기에 기꺼이 책임 있게 가르쳐야 한다. 하지만, 말처럼 쉽지 않다. 나는 아이들과 소통하는 교사가 되기 위해 노력했다. 기계적으로 일하고 월급 받는 사람이 아니라 사람을 키우고 살리는 일을 한다는 자부심으로 살아왔다.

교육 제도가 수시로 변한다. 백년대계(百年大計)라는 말이 무색할 지경이다. 가르치는 사람은 멀리 내다보고 오래 기다릴 줄 알아야 하지만 현실은 그렇지 않다. 자주 달라지는 교육 제도를 따라가느라 정신없다. 2022 개정 교육과정에 의하면 2025년부터 고교학점제를 전면 도입한다고 발표했다. 학생들이 진로에 따라 다양한 과목을 선택하여 이수하고, 누적 학점에 도달하면 졸업을 인정받는 제도다. 초등은 3학년부터 선택교과목이 도입된다. 중학교는 1년 동안 실시했던 자유 학년제를 한 학기로 축소하고 일부 기간을 활용하여 진로 연계 학기를 운영한다. 그동안 지식 기반으로 이루어진 교육이 '역량이 반영된 교육과정'으로 전환된다. 교육 현장에서 배운 지식을 머리에 쌓아 두지 않고 삶에서 활용하는 게 핵심이다. 교육과정이 발표될 때마다 기대보다는 염려가 앞선다. 연수받으면서 바뀐 부분을 확인하고, 달라진 교육과정에 적응해야 한다. 다양한 교육활동을 통해 학생들의 성장을 책임지는 사람이 교사이기 때문이다. 누구나 교사를 꿈꾸지만 아무나 교사가 될 수 없는 이유가 여기 있다.

직업 선호도 조사에서 교사는 늘 상위권을 차지한다. 그렇다. 안정적이고 무난하다. 특히 여자로서는 최고의 직업이라고들 말한다. 그러다 보니 현재 남녀교사의 불균형은 심각하다. 남교사 할당제 도입도 검토하고 있다고 한다. 중등의 경우는 학년 담임 구성에 있어 남교사의 비율을 조절하는 과정은 필수다. 그래봐야 한두 명이 전부다. 초등학교는 남교사 부족으로 인해 운동회 종목이 달라지고 있을 정도다. 남교사 부족 현상은 날이 갈수록 심해지고 있다. 나의 초임 시절에는 여교사가 적어서 '여교사 회'가 따로 있었는데 지금은 '남교사 회'가 생겨났다. 남자 선생님 부족 현상은 점점 심해지고 있어 현장에서 느끼는 안타까움이 크다. 이런 실태가 교육정책에 반영되고 제도가 보완되어 남녀교사 비율이 안정되면 좋겠다.

교사는 방학으로 재충전할 수 있기에 좋은 직업이다. 나 역시 학기 말 무렵이면 방학 날을 손꼽아 기다린다. 방학이 시작되면 일단 충분한 휴식을 취했다. 아이들과 씨름하느라 지친 심신을 달래는 시간이 필요했다. 그 후, 학기 중에는 시간이 부족하거나 바빠서 놓쳤던 여러 연수를 받으며 부족한 부분의 역량을 키웠다. 교육의 질은 교사의 질을 넘어설 수 없다는 오래된 격언을 현장에서 느꼈기 때문이다. 교사는 결코 단순한 직업인이 아니다. 사람을 키우는 일이다. 아이들의 감춰진 마음이 드러나도록 애를 쓰고 집중해야 한다. 일상을 살아가는 데 필요한 기본을 반복해서 지도해야 하기 때문이다. 먼저 인사를 건네고, 밝은 표정을 유지하고, 친구와의 소통에 있어 감정을 조절하고, 즐거운 하루를 만들어가는 방법 등을 지도한다. 내 마음의 공간 하나를 그들에게 내어주는 일이다. 쉽지 않다. 정성과 수고가 쌓여야 한다. 돈을 버는 단순한 직업으로 생각하는 사람은 오래 머물지 못한다.

변화하는 아이들 모습에서 내가 하는 일에 대한 의미와 보람을 느끼고 싶었다. 하지만 내 말을 귓등으로도 안 듣고 말썽부리는 아이들도 있었다. 자기 멋대로 하는 아이들에게 한계를 느끼기도 했다. 좋은 말로 타이르지만, 아이들은 잔소리로 듣는다. 버릇없는 말투로 대꾸하고 학생 인권 운운하며 덤비기도 한다. 교사로서 뾰족한 방법이 없어 아이들의 방종한 행동을 보고도 모른 척 넘기기도 했다. 학생 인권은 지켜지지만, 교권은 추락하고 있어 자괴감에 회의를 느낀 시간도 많았다. 배움터인지 전쟁터인지 분간하기 어려울 만큼 많은 것을 감당해야 하는 직업이 바로 교사다. 하지만 '사명감'이라는 단어를 붙잡고 아이들 곁을 지킬 수 있었다.

교사는 생명을 다루는 의사와도 같다. 사람을 살린다는 사명의식이 나를 깨어있게 한다. 천직이라는 말의 고귀함을 품고 살아간다. 아이들의 성장과 변화가 곧 나의 보람이고 기쁨이다. 오늘도 아이들에게 더불어 살아가는 지혜를 가르친다.

어떤 교사가 될까?

"우리 바닷가로 적자."

"좋아, 바닷가에서 근무하면 진짜 좋겠다."

　　마지막 학기에 희망 발령지를 적었다. 바다에 대한 동경이 있었던 정원이와 나는 지도를 펼쳤다. 손가락으로 짚어가며 가고 싶은 곳을 찾았다. 별 기대는 없었다. 이왕이면 파도치는 바닷가에서 근무하고 싶은 바람이 있었던 게 전부다. 우리의 바람대로 충무로 발령받았다.

1986년 3월, 첫 발령통지서를 받아 들고 통영중학교로 갔다. 충무는 난생처음 가는 도시라 낯설었다. 진주 집에서 출?퇴근하기에는 부담스러운 거리라 자취생활을 하기로 했다. 다행히 학교 근처에 있는 방을 구했다. 바다가 한눈에 내려다보이는 전망 좋은 집이라 만족스러웠다. 바다에 대한 그리움이 이루어졌다. 넘실거리는 파도와 출렁이는 바다를 아침저녁으로 실컷 볼 수 있어서 좋았다. 통영중학교는 1942년에 설립된 오랜 전통을 지닌 남자 중학교였다. 교사로서의 나의 출발은 바다와 함께였다.

요즈음은 교사가 되려면 엄청난 경쟁률의 임용고시를 뚫어야 한다. 지필 평가, 실험 실기, 지도안 작성과 수업 시연, 교직 적성 심층 면접 등 까다롭고 어려운 과정을 거친다. 내가 교사가 될 당시는 사범대학에서 전공과목과 교직의 모든 학점을 이수하면 성적순에 따라 국가에서 발령을 내주던 시절이다. 발령 세대인 나는 항상 나라에 대한 고마움을 갖고 있다. 아무리 생각해도 시대를 잘 타고난 것 같다. 임용고시의 치열한 경쟁을 뚫고 들어온 후배 교사들을 보면 대단하다는 생각이 든다.

어릴 때 내 꿈은 초등학교 교사였다. 6학년 때 담임선생님 영향이 컸다. 학교 강당 옆에 있는 큰 느티나무 아래에서 재미있는 이야기를 자주 들려주셨다. 진정한 친구와의 우정 이야기는 지금도 생생하다. 진짜 친구는 어려울 때 자기 목숨을 아까워하지 않고 희생하는 것이라며 예를 들어 맛깔나게 이야기해 주셨다. 느티나무 아래서 들려주었던 이야기가 최고의 인성교육이었음을 이제는 안다. 풍금에 맞추어 즐겁게 노래 불렀던 시간 또한 행복한 기억이다. 교과서에 나오지 않는 노래들도 많이 가르쳐주었다. 그때 배운 하하 삼총사 노래는 지금도 흥얼거린다. "우리들 가는 길이 멀다하지만 즐거우나 괴로우나 마음은 하나~" 지금 생각해봐도 열정이 넘치는 우리 선생님이었다. 아이들을 사랑하고 재미있게 지도해 주는 담임선생님을 보면서 나도 초등학교 교사의 꿈을 꾸었다.

나는 81학번이다. 그 시절에는 사범대학은 4년제였지만 교육대학은 2년제였다. 집안 형편이 어려워 빨리 돈을 벌고 싶었다. 또 초등교사라는 내 꿈을 이루기 위해서 교대로 진학하려고 했다. 하지만 나에게 많은 영향을 준 임선이 언니가 극구 말렸다. "교대는 고등학교의 연장이야, 나도 후회하고 있어. 4년제 사범대학에 가서 멋진 대학 생활을 누려봐" 하면서 필사적으로 반대했다. 도시락 싸 들고 다니며 말린다는 말이 실감 날 정도였다. 고민하다가 결국 학비 부담 적고, 집에서 다닐 수 있는 가까운 국립 사범대학으로 진학했다. 임선이 언니는 부산에서 초등학교 교장으로 근무하다가 지난해에 퇴직했다. '그때 교대에 갔더라면 내 삶은 어떻게 되었을까?' 라는 생각을 가끔 한다. 가지 않은 길에 대한 미련과 아쉬움은 남기 마련인가 보다.

이과반을 선택했다. 고등학교 2학년 때 문과반과 이과반으로 나누어졌다. 적성검사가 있기는 했지만, 성적이 우수한 학생들이 이과반으로 가는 경향이 있었다. 분위기에 휩쓸리고 말았다. 지금 생각해도 아쉽다. 10개 반 중에 두 반이 이과반, 여덟 개 반은 문과반이었다. 선택지를 두고 어긋난 길의 시작, 이런 것을 운명이라고 해야 할까, 나는 이과반을 가고 싶은 마음이 없었다. 문과반을 가야 했고, 교대로 진학했어야 했다. 갈림길마다 내 의지와 다른 길을 선택했다. 왜 그랬을까. 내 마음의 소리를 듣지 못하고 다른 사람의 이야기에 솔깃했던 탓이다.

결국, 중등 과학 교사가 되어 통영중학교에서 첫발을 디뎠다.

규모가 큰 학교라 교사가 백 명 가까웠다. 신입 교사와 전입 교사를 대학교 동문회에서 환영해 주던 시간이었다. 학교 적응을 위해 알아야 할 정보와 아이들 특성을 알려주어 도움이 되었다. 그러다 어떤 선배 교사가 "아이들 앞에서는 절대 이빨을 보여서는 안 돼!" 군기반장이 되어 무게를 잡아야 아이들이 말을 잘 듣는다며 한 수 가르침(?)을 주었다. 무섭게 보여야 교사로 성공할 수 있다고 했다. 초보 교사인 나는 교사로서의 앞날이 그려졌다. '잘 웃는 나에게 웃지 말라고? 그게 될까?' 카리스마를 장착하라는 뜻으로 해석하고 고개를 끄덕였다. 지금 생각해 보면 그만큼 아이들을 가르치는 일이 만만치 않았음을 암시하는 선배 교사의 조언이었다.

어떤 교사가 되어야 하는지는 결국 내 선택이었다. 사범대학을 다니며 교직 시간에 교육사, 교육철학, 교육 심리학, 교육 사회학, 교과과정 및 평가, 교육행정 등 여러 과목을 배웠다. 하지만 막상 현장에서는 쓸모가 없었다. 이론과 실제는 달랐다. 이론은 이론일 뿐이었다. 아이들을 가르치는 일을 즐기고 싶었다. 아이들의 말에 귀 기울이고 소통하는 평범한 교사의 일상이 시작되었다. 스스럼없이 나에게 다가오는 아이들이 고마웠다. 운동장, 교실, 복도 등 어느 공간이든 아이들과 함께하는 시간이 좋았다. 욕지도, 매물도, 사량도 등 인근 섬에 사는 아이들이 바닷가에서 주워온 조개껍데기 한 묶음이 행복이었다. 팔찌나 목걸이로 만들어서 주는 아이들도 있었다. 순수한 아이들과 어우러지며 교사로서의 행복을 맛보았다. 또 점심시간에 학교 주변에 있는 논에 가서 개구리를 잡아 실험 시간에 해부하기도 했다. 단번에 개구리를 잡아채던 아이들, 조개껍데기를 모아오던 아이들이 생각나곤 한다. 첫 학교에서의 추억은 두고두고 꺼내 보는 보물이다.

나는 아이들을 만날 때 활짝 웃는다. 내가 먼저 웃어주는 사람이 되려고 했다. 웃으면 나도 좋지만, 아이들이 더 좋아한다. "선생님, 웃는 모습 예뻐요." 자주 듣는 말이다. 언짢은 일이 있어도 웃으며 교실 문을 연다. 내가 웃으면 아이들도 밝아진다. 내 표정이 굳어있으면 분위기는 무거워지고 눈치 살피는 아이도 있다. 늘 싱글벙글할 수야 없겠지만 웃으려는 노력은 필요하다. 과학적으로도 웃음은 도파민이나 엔도르핀과 같은 호르몬 분비를 촉진한다고 하지 않던가. 우리 몸의 스트레스 지수를 낮추어 주는 호르몬이다. 몸과 마음의 건강에 직접적인 영향을 준다. 웃음이라는 강력한 무기를 잘 활용해야 한다. 교사 초창기 시절에 입 꾹 다물고 화난 표정으로 아이들을 제압하려 했던 때를 생각하면 얼굴이 화끈거린다. 아무리 생각해도 부끄러운 모습이다. 교사는 아이들 위에 군림하는 사람이 아니라 같이 성장하고 함께 살아가는 사람이다.

어느새 나는 퇴직을 앞둔 교사다. 새내기 선생님의 멘토가 되어 슬기로운 교직 생활에 대해 안내할 수 있는 나이가 되었다. 많이 웃으라고 권한다. 아이들의 웃음 코드에 익숙해지라고 한다. 웃음은 학생들과의 거리를 가깝게 해주기 때문이다. 나는 오늘도 아이들과 함께 웃는다. 따뜻한 미소 한 조각은 천금보다 귀하다.

꿈꾸던 수업 이야기

　　교사의 본분은 수업이다. 첫해, 수업 시간이 28시간
이었다. 쉼 없이 이어지는 시간표에 허덕였다. 생지옥이 따로
없었다. 누구에게 도움을 청해야 할지 몰랐다. 그저 수업시간
표에 맞추어 교실에 들어갔다. 밤새 수업 준비는 했지만, 생각
만큼 수업 진행이 잘되지 않았다. 첫 번째 학급은 횡설수설하
며 엉망이었다. 아이들 얼굴은 보이지도 않고 내가 해야 할 수
업 분량에만 정신이 팔려있었다. 목소리 높이며 중요하다고
강조만 하다가 끝났다. 두 번째 들어가는 학급부터는 다소 안
정되어 아이들 얼굴이 보이기 시작했다. 마지막 학급 수업을
할 때는 외우다시피 한 상태였기에 여유를 찾을 수 있었다. 첫
반은 언제나 연습처럼 엉성했고, 마지막 반은 제법 다듬어진

수업을 했다. 많은 시간이 흐른 지금도 마찬가지다.

일주일에 28시간이라는 수업을 소화하기 위해서는 하루에 5~6시간의 수업을 해야 했다. 지금 생각해도 어떻게 감당했는지 모르겠다. 게다가 그때는 아침저녁으로 보충수업까지 했다. 희망 여부와 상관없이 전 과목 보충수업을 했다. 정규 시간 외 보충으로 5시간을 더했으니 주 33시간인 셈이다. 수업 시간 이야기하자면 끝이 없다. 수업 시수가 결정되는 학기 초에는 한 시간이라도 덜 하기 위해 교사들의 눈치작전이 시작된다. 교과에 따라 언성이 높아지거나 얼굴을 찌푸리고 팽팽한 긴장감에 살벌하기까지 하다. 결국에는 경력이 낮거나 마음 여린 사람이 수업을 많이 한다. 누군가는 불편을 감수해야만 하기 때문이다. 다행스럽게 요즘은 교원 성과급으로 어느 정도 보상이 된다. 수업시수가 많은 건 누구라도 원치 않기 때문에 제도적으로 보완해야 하는 게 맞다. 학기 초에 수업 시수로 왈가왈부하는 모습을 보면 초임 시절 생각이 나곤 한다. 두 개 학년을 맡아야 하거나 어지간한 수업시수는 말없이 받아들인다.

올해 나의 1학기 수업 시수는 초임 시절의 절반인 14시간이었다. 살다가 이런 일이 다 있다니. 꿈만 같았다. 춤이라도 덩실덩실 추고 싶었다. 하루 평균 3시간인 셈이다. 초임 시절에 고생하고 수고한 시간을 보상받는 것 같았다. 이런 상황을 못 누리고 퇴직했더라면 억울할 뻔했다. 나의 행복한 수업 시간 뒤에는 동료 과학 교사의 배려가 있었다.

교사의 역할은 교과 지도 즉, 수업과 생활지도이다. 전공 교과를 전달하고 생활상에 문제가 생기지 않도록 안내하고 지도하는 두 개의 큰 축으로 이루어진다. 나는 과학을 잘 가르치지 못하는 것 같아서 괴로웠다. 고등학교 2학년 때 이과반으로 가다 보니 대학은 자연 계열로 진학하게 되었다. 대학 2학년 때 교육학과로 옮기려 했으나 학점이 엉망이라 가지 못했다. 과학 교사로 교단에 섰지만, 과학을 과학답게 가르치지 못하는 교사였다. 실험을 정교하게 지도하지 못하는 내가 못마땅했다. 제대로 가르치지 못하고 있다는 자책감에 시달렸다. 과학을 신명 나게 가르치고 각종 대회에 학생들을 데리고 나가 상 타게 하는 동료 교사들을 보면 부러웠다.

과학 교과에 대한 자신 없음을 들키지 않으려고 교재연구를 열심히 했다. 그러던 중 2016년 여름방학 연수 중에 '거꾸로 수업'을 만났다. 21세기를 살아갈 아이들에게 단순한 과학적 지식 전달이 아니라 서로 협력하면서 배워가는 수업방식이었다. 수업 시간에 가르쳐야 할 내용을 미리 영상으로 만들어서 학생들에게 제공하는 것이 교사의 몫이었다. 학급별로 네이버 밴드를 만들어서 학생들이 가입하는 것이 첫 번째 일이었다. 그리고 밴드에 올려놓은 영상을 수업 전에 보고 오도록 지도 했다. 수업 시간이 교사의 일방적인 강의가 아니라, 학생들의 활동 중심으로 운영하기 위해서는 영상 보고 오는 일이 필수 였다.

거꾸로 수업에 대한 연수를 받으며 나는 무릎을 쳤다. 내가 꿈 꾸던 수업이었다. 연수받고 2학기부터 바로 시도했다. 막상 시 작하니 강의식 수업보다 훨씬 바쁘고 힘들었다. 준비해야 할 것도 많고 학생 관리가 무엇보다 중요했다. 일이 몇 배나 많아 졌다. 우선 영상을 만드는 일이 만만치 않았다. 연수에서 배운 오캠을 활용하여 늦은 밤까지 수정에 또 수정을 거치면서 만들었다. 힘들었지만, 기꺼이 수고할 수 있었다. 여러 반에서 같은 말을 되풀이하지 않아도 되는 것이 큰 매력이었다. 과학 교사로 부족하다는 죄책감에서 비로소 벗어났다. 거꾸로 수업은 아이들이 집에서 디딤영상을 보고 오는 게 핵심이었다. 그러다 보니 거꾸로 수업의 관건은 교사와 아이들의 관계가 좋아야만 가능한 수업이었다. 다행스럽게 가르치는 아이들과 즐겁고 원활하게 소통하고 있었기 때문에 2학기부터 바로 시작할 수 있었다. 수업 시간에는 모둠별 토론 중심으로 진행되었고, 나는 각 모둠을 다니면서 개인별로 지도했다. 일방적인 강의에서 벗어나는 순간 나는 비로소 교사가 된 듯했다.

거꾸로 수업은 오랫동안 해왔던 일방적인 강의식 수업에서 벗어나게 해주었다. 그동안 답답했던 내 마음의 짐을 내려놓을 수 있었다. 디딤영상을 만들고, 모둠활동으로 개별 지도하고, 과제를 피드백하고……. 준비하는 시간과 업무량은 훨씬 많아졌지만, 드디어 살아있는 과학 교사가 된 것 같아 기뻤다.

초임 시절에는 아는 것을 총동원하여 가르쳤다. 그런데 경력이 쌓이면서 핵심만 골라서 가르칠 수 있었다. 이제 교육의 방향이 지식 중심이 아닌 역량 중심으로 바뀌고 있다. 거꾸로 수업은 비판적 사고력을 통해 문제 해결 능력을 키운다. 소통하면서 협력을 배우고 그 과정 중에 창의력이 길러진다. 나를 수렁에서 건져준 거꾸로 수업은 코로나 상황에서도 위력을 발휘했다. 원격수업이 대세가 되면서 이미 영상을 기본으로 만들고 있었던 나는 큰 어려움 없이 빨리 수업에 적응할 수 있었다. 몇 년간 고군분투했던 것이 힘든 시기에 빛을 발할 수 있었다.

교사의 정체성은 수업으로 드러난다. 수업의 전문성은 곧 교사 자신이 된다. 과학 교사로서 고민한 시간이 길었다. 나에게 '거꾸로 수업'은 자신감을 되찾게 해주었다. 부족한 점을 인정하고 꿈꾸던 수업을 향해 멈추지 않고 연구한 덕분이다. 제대로 된 방향을 끝까지 찾아가려는 자세만 잃지 않는다면 무슨 일이든 이뤄낼 수 있다고 확신한다.

04
....

교사는 말없이 운다

    홀로 교무실에 남는 날이 많았다. 퇴근 시간이 지나면 썰물처럼 빠져나간 교무실은 휑하다. 요즘은 남아서 업무를 하면 근무 외 시간으로 인정하여 초과근무 수당이 나온다. 하지만 대부분 학교에 남는 것을 원하지 않기에 할 일을 잔뜩 싸 들고 퇴근한다. 나는 집에 가면 집안일도 산더미라서 밀린 서류작업 등은 남아서 하고 가는 방법을 선택했다. 텅 빈 교무실에서 혼자 남는 시간은 적막하고 나의 무능함을 만나는 시간이기도 하다. 나의 역량 이상의 업무에 허덕거릴 때도 있고, 내가 할 수 있는 것보다 조금이라도 더 잘하고 싶어서 시간을 넘길 때도 있었다.

막내를 낳고 육아휴직 후 8년을 근무한 율전중학교를 잊을 수가 없다. 과학부장이 되어 큰 사업비를 집행해야 하는 업무를 맡았기 때문이다. 나라에서 추진한 '과학실 현대화 사업' 이었다. 노후 된 위험한 시설물을 교체하고 과학실을 새롭게 단장하는 일이었다. 학교 규모가 커서 과학실이 두 개였다. 1층 과학실을 먼저 시작했다. 그야말로 맨땅에 헤딩이었다. 업체를 선정하기 위해 공고를 내고 설명회를 하는 일부터 모두 나의 몫이었다. 난생처음 해보는 일들이라 버벅거렸다. 행정실과도 긴밀한 협조가 필요했다. 가뜩이나 행정에 약한 나는 도와달라는 말을 입에 달고 일을 진행했다. 사업자를 선정하기 위해 공고를 내고 입찰에 응한 회사들의 설명회를 열었다. 생각보다 많은 업체가 참여했다. 여러 항목에 따라 공정한 평가과정을 거쳐 믿음직한 곳이 정해졌다. 그리고 본격적으로 일이 진행되었다.

현대화 사업은 과학실 단장이 주 업무였다. 학생들이 안전하고 쾌적하게 과학실을 사용할 수 있도록 하는 일이었다. 나무로 되어 뒤틀려있던 실험 테이블은 인조대리석으로 바꾸었

다. 앉으면 삐걱거리던 의자도 성능 좋은 회전식 의자로 교체
했다. 바구니마다 담겨있던 실험기구들을 정리할 수납장도
넣었다. 빛 실험을 할 때마다 불을 끄고 간이칸막이로 대체했
었는데 암막 커튼도 마련했다. 과학실에 들어오면 시각적으
로 배움이 일어날 수 있도록 했다. 원소주기율표, 현미경 구
조와 사용법, 세포 분열 과정 등 중요한 내용을 한눈에 볼 수
있었다. 이 모든 일이 진행되는 동안 수업 시간을 제외하고는
과학실을 떠날 수가 없었다. 들어오는 물품을 일일이 검수하
는 일은 당연히 내 몫이었다. 수도 시설에서 수도꼭지 위치나
실험 테이블 배치, 실험기구 장 배치 등도 책임자인 내가 검
수해야만 했다. 몇 달 후 놀라운 모습으로 탈바꿈한 과학실로
완성되었다.

그 외에도 사업 진행 담당 책임자인 내가 해야 할 일은 산더미
였다. 교육지원청에 보고해야 할 서류가 가장 힘들었다. 보고
서 서류와 씨름하다 보면 밤 9시를 훌쩍 넘기곤 했다. 정산해
야 하는 서류는 왜 그렇게 복잡한지 숫자에 약한 나는 힘들었
다. 도와줄 사람은 없고 내가 맡은 업무니까 묵묵히 할 수밖에
없었다. 좋은 수업을 위해서 교재연구를 하고 예비 실험을 하

고 수업 도구를 개발하는 일은 즐거웠다. 하지만 행정적인 업무는 나와는 맞지 않는 일임을 확인했다. 최종 보고서를 무사히 제출하고 과학실 현대화 사업이 마무리되었다. 그런데 아뿔싸! 한숨 돌리기도 전에 또 하나의 과학실마저 현대화 사업을 하라는 공문이 내려왔다. 다시 일에 파묻혔다.

2004년 12월 24일, 성탄전야의 금요일이었다. 그다음 주에 현대화 사업 관련 서류를 정산하고 마감하여 제출할 날을 앞두고 있었다. 부족한 서류 준비를 위해 남은 그날도 밤 9시를 넘기고 있었다. 몹시 추운 겨울날이었다. 성탄 노래가 곳곳에서 흘러나오고 창밖에 반짝이는 불빛들은 화려한 밤이었다. 모두 행복한 시간을 보내고 있을 터인데 '나는 이 시간에 과학실에 앉아서 대체 뭘 하고 있나!' 하는 생각이 들었다. 애써 참았던 감정이 터져 나왔다. 한참을 소리 내어 울었다.

학교 일을 하면서 누가 알아주기를 바랄 수는 없다. 주어진 업무는 혼자 감당해야 한다. 과학실 현대화 사업은 교사 생활하면서 가장 힘들고 어려운 일이었다. 수천만 원 이상의 예산을 쓰는 일은 벅찬 업무였다. 국책 사업이었기에 피할 수 없었지만, 과학실이 쾌적하고 실험하기에 좋아진 것은 분명하다. 수도 시설, 실험기구, 실험복 등 환경이 좋아졌다. 안전하고 쾌적한 공간에서 실험 수업도 예전보다 즐겁게 할 수 있었다. 누가 해도 해야 할 일을 내가 했다고 생각하니 과학 교사로서 자부심도 느낄 수 있었다.

그 후에는 어떤 업무를 맡더라도 웃으며 할 수 있는 내공이 생겼다. 그날 밤 흘린 눈물은 나를 한 뼘 더 성장시켰다. 도저히 감당하지 못할 듯한 고비를 넘기고 나니 한층 단단해졌다.

부딪혀 보지 않으면 알 수 없는 일이 많다. 지금도 나는 여전히 숫자에 약하고 서류에는 더 약하다. 돈을 쓰고 정산하고 숫자를 맞추어야 하는 일이 나에게는 엄청난 부담이었지만, 끝내 해내고야 말았다.

과학실 현대화 사업을 추진했던 계기로 더 적극적인 교사가 되었다. 어떤 업무를 맡더라도 최선을 다했다. 특별활동 부장을 할 때 전교생이 학교 밖으로 체험활동을 나가는 일도 겁내지 않았다. 계획하고 답사하고 추진하는 과정이 어려워도 새로운 일을 한다는 것 자체를 즐겼다. 내가 진행한 행사에 대한 학생들 만족도가 높게 나올 때는 짜릿한 전율을 느끼기도 했다. 어떤 일이든 물불 가리지 않고 적극적으로 했다. 몸을 아끼지 않았다. 돌아보면 뭘 그렇게까지 했나 싶기도 하다.

교직의 길은 외롭다. 교사가 감당해야 하는 일도 많고, 학생 지도에는 막중한 책임감이 따른다. 불미스러운 사안이 발생하면 교사가 설 자리는 더 좁아진다. 학생 인권에는 목소리도 높고 예민하지만, 교권은 추락에 추락을 거듭하고 있다. 교사 지도에 불응하는 학생들이 점점 늘어난다. "때려서라도 사람 만들어 주세요." 하던 학부모들의 이야기는 '사랑의 매'와 함께 전설 속으로 사라졌다. "왜 우리 아이만 미워하세요!"라는 거친 항의가 난무한다. 잘했을 때는 아무도 알아주지 않으면서 실수했을 때는 어처구니없이 비난이 쏟아지기도 한다. 열정을 다하던 교사들이 점점 지쳐가고 있다.

뚜벅뚜벅 걸어온 길, 좋았던 시간 분명 많았다. 학교 가는 길이 즐겁고 교실에 들어가는 일이 행복했다. 그 시간은 교사로서 자부심을 느끼게 했고, 나를 이 시간까지 지켜주었다. 하지만 과중한 업무나 지도하기 어려운 아이들로 인해 힘든 시간 역시 많았다. 혼자 끙끙 앓고 있으면 옆에 있는 선생님이 넌지시 커피 한잔을 건넨다. 아무 말 하지 않아도 우리는 안다. 같은 길을 가고 있으니 당연할 수도 있지만. 마음을 내어주는 동료가 있어 고맙다. 때로는 도와달라고 말할 수 있는 용기도 교사의 지혜다. 손 내밀 수 있음도 교사의 지혜다.

05 ....

가르치며 기록하며

1997.12.17.수

3학년이 졸업여행을 떠나고 학교는 한산하다. 학급문집을 위해 편집위원들이 열성을 다한다. 보기 좋다. 반장 석이를 중심으로 똘똘 뭉친 아이들이다. 과학실이 너무 춥다. 방과 후에 남아서 하느라 고생스러울 것 같아 걱정인데 아이들은 재미있다고 하니 다행이다. 자기소개, 우리 반 10대 사건과 모둠 일기, 부모님의 글, 여러 가지 앙케이트가 들어간다. 제목은 "다른 세상은 열리고…"라고 정했다. 손글씨와 컴퓨터 글씨가 반반씩이다. 수고한 편집위원들의 땀방울이 학급문집에 담길 것이라 기대하며 기다린다. 내일은 15대 대통령선거일이다. 부디 좋은 대통령이 뽑혀서 교육계에 참신한 변화가 오면 좋겠다.

2019.5.2.목

A가 또 말썽을 부렸다. B와의 갈등이다. 한바탕 몸으로 싸우고 씩씩거리고 있었다. 서로 억울하다며 자기주장을 반복했다. 마침 수업이 비어 두 아이를 진정시키고 이야기 나누었다. A는 자신이 왜 그랬는지 모르겠다며 울먹울먹한다. 친구들이랑 놀고 싶은데 방법을 모르겠다고 솔직하게 말한다. A가 친구들에게 접근하는 방식은 깐죽거리고 시비 걸며 막무가내로 끼워달라고 한다. B는 잘 지내고 싶지만, 자꾸 시비를 걸어서 짜증이 난다고 한다. 둘 다 속마음은 친하게 지내고 싶어서 그런 것이었다. "나는 너랑 친하게 지내고 싶어. 같이 놀자." 이 한마디가 어려운 아이다. 말로 하면 되는 것을 서툰 방식으로 자기 존재감을 드러내다 보니 번번이 마찰이 생긴다.

A는 느리지만 조금씩 알아차리고 어찌해야 할지 알겠다고 한다. "미안해. 잘못했어. 다음부터는 욕도 안 하고 주먹질도 안 할게." 진심으로 사과하기와 속마음 전하기 연습을 몇 차례 시키고 교실로 들여보냈다. 쉬는 시간에 교실에 가보니 둘은 잘 놀고 있다. 얼마나 더 되풀이될지 모른다. 굽는 데 3년 걸리면 펴는 데는 30년이 걸린다고 한다. 제2의 부모가 되어 지도하고

또 지도한다. 지치고 힘들지만 해야 할 일이기에 힘을 낸다.

책장 정리를 했다. 오래전부터 썼던 교단 일기가 가지런히 자리하고 있다. 꾸준히 써 놓은 교무수첩과 교사 일기 공책이다. 학교 현장이 고스란히 기록되어 있다. 나의 열정을 녹여 낸 시간이었다. 한때는 '우리 교육'이라는 교사들을 위한 교육잡지에 나의 일기를 연재하기도 했다. 그날그날 있었던 일을 잊지 않기 위해 적었을 뿐인데 나의 역사로 남게 되어 뿌듯하다.

교무수첩은 법정 장부는 아니지만, 학생 지도에 있어 필수다. 교사는 수업 시간에 일어난 사건이나 학급에서 아이들과 생활한 하루하루를 기록한다. 아이를 키우면서 변화과정을 쓰는 육아일기나 생활 일기를 쓰는 것처럼 기록하기는 아무리 강조해도 지나치지 않는다. 나의 교무수첩에는 그날그날 전달해야 할 내용들이 가득하다. 각 부서에서 마감 지어야 하는 업무 전달 사항이 빼곡하게 적혀있다. 학생들의 사진, 성적, 주소, 특기사항 등을 적어두고 지도에 활용한다. MZ세대의 교사들은 노션, 3P 바인더, 태블릿 등을 이용하기도 한다. 매일 가까이 해야 하기에 익숙한 방법을 사용하는 것이 좋다.

교사는 아이들의 상태를 살펴 기록하고 출석과 관련된 서류도 메모하며 챙겨야 할 게 꽤 많다. 그래서 나는 교무수첩 외에도 교사 일기 공책을 마련하여 적었다. 공적인 내용은 교무수첩을 활용했다. 아이들과의 상담내용이나 개인별 성장 변화 내용은 교사 일기 공책을 이용했다. 아이들을 이해하고 업무를 효율적으로 처리하기 위해 쓰기 시작한 일이 어느덧 나의 보물이 되었다. 그동안 꾸준히 기록하면서 알게 된 좋았던 점들이다.

첫째, 학생의 성장과 발전을 추적할 수 있다. 서른 명의 아이들이 부대끼는 교실에서는 날마다 새로운 일이 벌어진다. 말로만 지도하고 나서 돌아서면 잊는다. 키워드만이라도 꼭 메모해야 한다. 시시각각 아이들의 행동, 태도, 사용한 언어, 학습 상황 등을 기록하면 자료가 된다.

둘째, 학생 개인 문제를 빠르게 파악하고 대처할 수 있다. 다툼이 잦은 아이, 말이 없는 아이, 점심 급식을 먹지 않는 아이,

쉬는 시간에 홀로 있는 아이, 도서관에 자주 가는 아이 등 세세하게 관찰하고 기록하면 좋다. 아이들 개인적인 특성이나 문제 상황을 기록하면, 만약의 사안이 발생하더라도 신속하게 대처할 수 있다.

셋째, 교사로 살아가기의 최고 도구가 되었다. 수업 시간 내용이나 생활면에서 사소한 것까지 기록하다 보면 학생들에 대한 이해도가 높아진다. 이를 바탕으로 상호 작용이 활발해진다.

교사 일기는 매일 쓰는 것이 가장 좋지만, 바쁜 업무로 인해 쉽지 않을 수 있다. 하지만 교육활동이 끝나면 즉시 중요한 것부터 간단하게 키워드라도 작성하면 좋다. 기억이 뚜렷할 때 중요한 정보를 놓치지 않고, 학생들의 성장을 체계적으로 파악할 수 있기 때문이다. 또한, 학생들의 행동과 성적을 객관적으로 평가할 때도 도움이 된다. 1년에 두 번, 생활기록부를 작성한다. 학생들의 중요한 자산이 되기에 대충할 수 없는 기록이다. 그때에도 교사 일기는 막강한 힘을 발휘한다.

오래된 교무수첩과 교사 일기장을 다시 펼쳐본다. 곳곳에 교사로 살아남기 위한 치열함과 소명을 다하기 위해 고민한 흔적들이다. 기록은 중요하다. 최근까지 이어진 교사 일기를 보니 무던히도 애쓴 내가 보인다. 좋은 교사가 되고자 노력해온 나 자신이 기특하다. 아이들의 등 뒤를 자주 보았다. 앞에서는 보이지 않는 아이의 아픔을 느끼며 가만히 지켜보기도 하고 다가가기도 했다. 아이들에게 곁을 주는 교사가 되기 위한 보물상자, 힘들 때마다 꺼내 보아야겠다.

기록, 가르치는 일만큼이나 중요하다.

담임으로 살아남기

'교직의 꽃은 담임이다.'
'담임은 제2의 부모다.'

담임교사로 살아가면서 내 마음에 새긴 말이다. 스
물다섯, 처음 교단에 섰을 때 만난 아이들과는 나이 차이가 불
과 10년도 채 안 되었기 때문에 부모라는 생각은 못 했다. 정
다운 누나, 다정한 언니 정도로 담임 역할을 생각했다. 가족이
라는 개념으로 학급경영을 시작한 것이다.
신학기가 시작되면 올해 만날 아이들을 가슴설레며 상상해본
다. 아이들도 담임선생님을 기대하고 있겠지. 내가 학부모가
되어보니 우리 아이들 담임이 누구인지에 대한 기대가 컸다.

어떤 교육철학을 가진 분일지 궁금했다. 담임교사가 중요하다고 생각할 뿐 아니라, 학부모로서 거는 기대 또한 남달랐다.

1월에 준비하면 일류교사, 2월에 준비하면 이류교사, 3월에 준비하면 삼류교사라는 말이 있다. 겨울 방학 동안 재충전과 더불어 아이들 맞이할 준비를 한다. 방학이면 학기 중에 소홀했던 집안 살림과 세 아이를 돌보느라 오히려 더 바쁘다. 개학하면 해방을 외치며 학교 오는 게 오히려 휴식이라고 너스레를 떨기도 했다.

내가 비담임이었던 적은 딱 한 번이다. 첫해 수업 시간이 28시간이었던 1986년이다. 그리고 부장을 하던 8년은 담임 업무에서 벗어났다. 육아휴직 기간과 연구년을 보내던 해를 빼면 25년을 담임으로 살았다. 3월에 만나 1년을 살고 나면 헤어지고 또 다른 아이들을 만난다. 일 년 살이다. 1년 단위로 만남과 헤어짐을 되풀이하는 생활이니 말이다. 하지만 아이들은 해마다 다르다. 구성원이 달라지니까 같은 활동을 해도 반응은 달랐다. 어떤 해는 자신을 적극적으로 표현하는 아이들을 만나서 활기차다. 어떤 해는 좀처럼 반응이 없는 조용한 분위기다. 하지만 놀랍게도 담임 역량에 따라 학급 분위기는 크게 달라진다. 그렇기에 담임교사의 교육 철학과 학급경영 방식은 중요하다. 3월 초의 각 학급 분위기는 비슷하지만, 시간이 흐르면서 점점 담임을 닮아간다. 수업하기 좋아서 들어가고 싶은 반이 있다. 반면 그렇지 않은 반이 생기기 시작한다. 담임 역량이 얼마나 중요한지 느낀다.

3월 1일, 딱 하루 고민하고 시작했다. 첫 만남을 겨우 하루 준비하던 모습이 부끄러웠다. 벗어나야겠다고 생각했다. 어떤 아이를 만날지는 내 의지와 상관없지만 어떻게 학급을 경영할지는 내가 결정할 수 있기 때문이다. 먼저, 첫날 보내는 가정통신문을 만들었다. 나는 어떤 교사인지, 어떻게 학급을 경영할 것인지, 어떤 활동을 할 것인지를 요약해서 안내문을 작성했다. 내가 중요하게 생각하는 부분인 집단상담에 대한 필요성을 적었다. 가정에서 협조할 사항도 담았다. 출결 관련 외에도 소통이 원활하게 이루어지기를 원하는 진심을 전했다. 아이들 집으로 첫날 보내는 편지로 인해 어떤 연대감이 느껴졌다. 학급 운영을 잘하기 위해서는 부모의 도움이 절실하기 때문이다. 드디어 삼류교사에서 일류교사로 거듭나기 시작했다.

수일여중에서 근무하던 해이다. 여느 해처럼 3월 첫날, 아이들에게 담임 소개와 함께 학급경영에 대한 안내문을 보냈더니 오후에 연락이 왔다. "선생님, 저 소영이에요. 수빈이가 제 딸이에요." 놀라운 일이었다. 제자의 딸을 다시 담임으로 만나다니. 소영이는 송원 여중에서 근무하던 1992년에 만난 우리 반 아이였다. 안내문을 받아 읽다가 내 이름을 확인하고 반가워서 바로 전화했다. 소영이와 나는 이 각별하고 놀라운 인연의 기쁨을 나누었다. 제자와 함께 근무하는 일도 있었고, 제자의 자녀를 가르치는 일은 여러 차례 있었다. 한 학교에 오래 있다 보면 형제자매의 담임을 반복해서 하는 경우가 종종 있다. 올해도 누나 서연이가 우리 반이었는데 동생 서준이가 다시 우리 반이다. 하지만 제자도, 제자의 자녀도 3학년 때 담임을 하기는 처음이었다. 37년의 교직 생활 중에서 단 한 번 있었던 일이다. 이 일은 내게 담임의 역할에 대해 더 깊게 생각하게 된 중요한 계기였다. 내가 아이들에게 어떤 마음과 태도로 대하는지는 아이들이 가장 먼저 알아차린다. 그리고 부모님이 알게 된다. 자연스럽게 내 옆의 교사도 안다. 누구보다 가장 정확하게 아는 사람은 바로 나 자신이다. 나의 마음가짐이 어떠한지, 오늘 하루 어떻게 아이들을 대했는지 말이다. 아이들은 무엇을 배웠는가 보다, 자신을 어떻게 대해 주었는지를 기억한다. 학부모로 다시 만난 소영이와 제자 수빈이는 담임으로 살아가는 자세를 가다듬게 했다. 담임은 부모의 마음으로 아이들을 살펴야 한다. 어디 아픈 데는 없는지, 교우관계는 어떤지, 어떤 문제로 갈등하고 힘들어하는지 빠르게 알아차리는 일은 담임 고유의 특권이기도 하다.

오늘도 나는 변함없이 일찍 출근하여 교무실 내 자리를 정돈하고 교실로 간다. 교실 창문을 열고 환기한 후, 교실의 적정 온도를 맞춘다. 들어오는 아이들을 맞이한다. "안녕, 어서 와~" "아침 먹었어?" "오늘 덥지?" 등 소소하게 인사 나누며 아이들이 오는 모습을 지켜본다. 교실에 들어서는 순간 아이들 모습은 천차만별이다. 얼굴빛이 어두운 아이, 웃음꽃이 활짝 핀 아이, 오늘 당장 상담이 필요한 아이도 보인다. 조잘거리며 친구와 함께 즐겁게 들어오는 아이를 보면 나도 덩달아 에너지가 올라간다. 고개 숙인 채 혼자 들어오거나, 얼굴빛이 어두운 아이는 계속 살핀다. 쉬는 시간에 찾아가 말을 건넨다. 아무 일이 없을 때도 있고, 시각을 다투는 위급한 상황일 때도 있다. 이렇게 아이들 곁에 머물렀기에 미세한 부분까지 지도하며 담임으로 살아올 수 있었다. 아이들은 나를 담임교사로 살아갈 수 있도록 마법을 부린다. 그 마법은 다름 아닌 우리 반 아이들의 애교스럽고 사랑스러운 말 한마디이다.

"내 맘 알아주는 우리 선생님 진짜 좋아요. 승자쌤 짱!"

관리자와 잘 지내기

　　　　교장이 되고 싶었다. 쉽지 않았다. 내 나이 50이 되던 해에 깨끗하게 접었다. 나름대로 승진을 준비했지만 절대 넘을 수 없는 지역 점수라는 높은 벽 앞에서 방향을 돌렸다. 100명의 교사 중 열 명이 준비하다가 단 한 명이 교장이 되는 구조다. 아예 관심이 없는 교사들도 많고 쉽지 않은 길이다. 나의 성향과 잘 맞는 관리자를 만날 수 있는 것은 운명과도 같다. 왜냐하면, 5년마다 교사와 관리자 모두 학교를 옮겨야 하기 때문이다. 내가 좋아하고 존경했던 관리자들은 모두 퇴직했다.

그동안 교단에 있으면서 만난 교장 선생님은 약 스무 명 정도다. 그중 기억에 남는 분이 있다. 교장실 문을 열어놓고 교사들의 의견을 묻고 즉시 반영해서 개선하는 분을 처음 만났다. 바로 정병국 교장 선생님이다. 함께 근무하는 동안 행복했다. 교사로서 존중받는 기분이었다. 뭐라도 더 열심히 하고 싶은 마음이 우러나왔다. 복도에서 만나거나 학년 교무실에 오면 인자한 미소로 늘 의견을 물어주던 교장 선생님을 잊을 수 없다. 교육역량을 최대로 발휘하면서 열심히 일했다. 근무할 때 가장 기억에 남는 행복한 일은 '가족과 함께하는 달콤한 소통'이었다. 가족 프로그램을 준비하고 진행하는 일은 엄청난 에너지가 필요한 일이었다. 하지만 격려해 주고 믿어 주셔서 기쁘게 일했다. 교사들의 협조가 절실했는데 앞다투어 함께 해주었다. 덕분에 자유학기제를 하는 1학년에서 부모와 아이들의 만족도가 예상보다 좋았다. 가족 프로그램을 통해 화목한 가정을 이루는 데에 도움이 되었다고 했다. 그다음 해에는 교육과정에 반영해서 전 학년 프로그램으로 진행할 수 있었다. 지금 생각해도 꿈만 같다. 그때 기억은 새로운 교육활동을 시도하려 할 때 두고두고 힘이 되었다.

또 잊을 수 없는 분은 서종운 교장 선생님이다. 업무 능력이 탁월하고 인품까지 좋은 관리자였다. 덕분에 근무연수 5년을 다 채우고 나서 유예 신청까지 해서 8년 동안 근무했다. 본받고 싶었다. '좀 더 일찍 만났더라면 진작에 관리자가 될 준비를 열심히 했을 텐데…' 라는 생각도 했다. 유능한 업무 능력 덕분에 초보 부장들은 일을 확실하게 배울 수 있었다. 그러면서도 격려하고 실수해도 바로 잡을 수 있도록 도와주었다. 장학사 출신 교감 선생님이었기에 일찍 교장이 되었지만 겸손하셨다. 우리 막내딸은 서종운 교장 선생님이 근무하는 학교로 입학했다. 집 앞에 걸어 다닐 수 있는 학교를 마다하고 버스 타고 많이 걸어야 하는 불편을 감수했다. 그만큼 교장 선생님에 대한 신뢰가 컸다. 마침 막내 예빈이도 초등학교에서 늘 만나던 친구보다 새로운 친구들을 만나기를 원했다. 예빈이는 3년을 즐겁게 잘 다니고 졸업했다. 나의 교직에서 만난 최고의 관리자이자 영원한 롤모델이다. 퇴직한 이후에도 모임에서 꾸준히 만나 소통하며 배운다.

2년 전에 정년퇴직한 설창환 교장 선생님도 참 고맙고 좋은 분이다. 늘 웃으며 교사들을 대했다. 교사들을 아끼는 모습은 곳곳에서 드러났다. 특히 기안서가 잘못되어도 말없이 고쳐주었다. NEIS에 들어가 보면 수정한 부분이 여러 군데 보였다. 그렇게 수정을 해준다는 것을 처음에는 교사들이 몰랐다. 한 사람 두 사람 수정한 이력을 보면서 서서히 알게 되었다. 내가 만난 관리자 중에는 기안 작성이 잘못되면 호통을 치며 서류를 던지기도 했다. 평교사인 나는 조심스럽게 결재받고 벌렁대는 심장을 진정시켜야 했다. 가뜩이나 서류 업무가 서툴러 기안 작성할 때는 긴장 속에서 살았다. 하지만 설창환 교장 선생님은 고쳐주면서도 핀잔 대신 격려를 해주셨다. 가르치는 교사 역할에 충실할 수 있게 해준 고마운 분이다. 관리자의 역할은 참 중요하다.

교장과 교감을 관리자라고 한다. 일단 교감이 되어 일정 기간이 지나면 교장으로 승진한다. 교감이 되기까지가 고비다. 교육지원청에서 현장실무를 지원하는 장학사를 거쳐도 된다. 전문직이라고 하는 장학사는 뜻을 지니고 일찍부터 준비해야 가능한 길이다. 나처럼 준비하다가 포기한 사람이 평교사로 근무하는 일이 점점 어려워진다. 나는 어느새 만 55세가 넘은 원로교사 7년 차다. 누가 뭐라고 하지 않아도 스스로 위축되고 있다. 학교를 옮길 때는 눈치 보게 된다. 좀 더 악착같이 준비할 걸 그랬다는 쓸데없는 후회가 밀려올 때도 있다. 경력 많다는 것이 후배 교사나 교육 발전에 도움이 되기보다 부담을 주는 현실을 부인할 수 없으니 말이다.

평교사인 나는 이제 나보다 어린 관리자를 만나기도 한다. 마음의 부담이 점점 커지고 있다. 관리자는 학교경영을 위해 교사들의 다양한 의견을 듣고 싶어 한다. 또한, 교장실에 자주 찾아오기를 바란다. 젊은 날에는 몰랐다. 이만큼 나이가 들고 보니 알겠다. 학교 발전을 위한 의견이 있으면 언제든 교장실 문을 두드리면 되는 거였다. 이 단순한 사실을 깨닫는데 꽤 많은 시간이 걸렸다.

작년에 퇴직한 정만교 교장 선생님은 수시로 각 교무실을 찾았다. 교사들의 고충이나 의견을 듣기 위해서였다. 각종 건의 사항이 반영된 학교는 안팎으로 점점 좋아졌다. 삭막한 학교 화단에 꽃이 놓이고 비탈진 등굣길에 서로를 응원하는 현수막이 붙으면서 학교가 훈훈해졌다. "다 좋을 수는 없다. 하지만 더 좋은 곳은 있다. 신나고 행복한 그곳, 바로 이목중학교! 세상에 중학교는 많고, 지구는 넓어요. 신나고 행복한 이목중이 최고예요!" 화장실이나 외진 곳 구석구석에도 손길이 미치는 것이 보였다. 곳곳에 의견함을 설치하고 수시로 반영하다 보니 학생들도 언제든 자신의 의견을 적어 넣었다. 우리 반 영준이는 경사가 심한 등굣길에 "에스컬레이터 설치해 주세요"라는 황당한 요구로 한바탕 웃게 했다. 운동장에서 잘 보이는 위치에 대형 시계가 놓이고, 농구장 바닥이 바뀌었다. 학교장의 의지와 역량에 따라 학교는 몰라보게 달라진다.

관리자는 학교를 잘 경영하고 싶어 한다. 그래서 교육의 주체인 교사, 학생, 학부모와의 소통이 기본이다. 학생들이 성장하고 발전할 수 있는 환경조성을 위해 힘을 모아야 한다. 학생과 학부모들의 요구사항이 점점 다양해지고 있기 때문이다.

나이 들어가면서 승진하지 못한 열등감이 종종 밀려왔다. 그때마다 후회되었다. 나보다 어리거나 연배가 비슷한 관리자를 보면 괜한 자격지심이 생길 때도 있었다. 하지만, 아이들의 교

사로 남아있음에 만족했다. 아이들을 사랑하며 지낸 37년은
내게도 선물 같은 시간이었다.

한 학교를 책임지는 관리자가 되기까지 많은 수고를 거친다.
여러 문제를 해결하고 이끌어 가야 하는 관리자의 고충을 이
제는 조금이나마 이해하고 있다. 관리자의 교육 방향을 잘 이
해하는 마음가짐이 평교사인 내가 할 일이다.

동료 교사들과 잘 지내기

여러 학교를 옮겨 다니다 보니 동료 교사 모임이 많다. 주로 방학 때 만나서 밀린 이야기들을 나누며 시간을 보낸다. 여행을 목적으로 회비를 내는 모임에서는 코로나가 하루빨리 종식되는 날을 손꼽아 기다린다. 예전에는 부서별 모임이 많았는데 최근에는 대부분 학년 모임이다. 1년간 같은 교무실을 사용하면서 우여곡절을 겪다 보니 공감대가 형성된다. 한 해가 끝나면 같은 교무실을 사용했던 교사들과 해단식을 한다. 아쉬움에 한두 번 더 모여서 식사하면서 끝맺음하기도 하고 더 이어지기도 한다.

생활근거지를 중심으로 학교를 옮기다 보면 두세 번 같이 근무하게 되는 경우도 더러 있다. 오랜 시간을 함께 근무하지 않아도 깊은 만남이 이어지기도 한다. 나이 차이가 있더라도 걸림돌이 되지 않는다. 좋은 정보는 공유하고, 유익한 자료는 아낌없이 나눈다.

학교마다 조금씩 다른 문화가 있다. 학교를 옮기는 첫해는 신입사원처럼 그 학교 분위기에 적응해야 한다. 업무 면에서도 다소의 불이익을 감수해야 한다. 경력이 더해가면서 학교를 옮길 때는 큰 스트레스가 된다. 이동하지 않아도 되는 사립학교가 부러웠다. 공립 학교 근무 기간은 5년이 만기다. 그 기간이 지나면 유예 신청을 하거나 내신서를 작성해야 한다. 새 학교로 옮겨 가서 적응해야 한다. 나는 근무하는 동안 모두 아홉 번 이동했다. 통영중, 용인중, 송원중, 이목중, 궁내중, 율전중, 반월중, 수일여중에서 다시 이목중으로 옮기며 근무했다. 젊은 날에는 새 학교 가는 일이 기대되고 신났지만 나이가 들수록 내신서를 쓸 때 심란해지기 일쑤였다. 그럴 때마다 가장 큰 힘은 바로 동료 교사와의 만남이다. 학교 이동으로 생기는 애로사항에 대해 굳이 말하지 않아도 알고 있기 때문이다. 서로 속을 털어놓을 수 있고 위로해 줄 수 있음에 감사하다.

수일여중에 근무하면서 만난 이은경 선생님은 어떤 얘기를 꺼내도 부담 없고, 만나는 것 자체가 힐링이다. 아이들을 대하고 바라보는 관점이 같다. 말 한마디면 다 통한다. 아무리 힘든 업무를 맡아도 즐기면서 처리하는 우리의 모습은 닮았다. 우리 둘 다 학교를 옮겨 물리적 거리는 멀어졌지만, 마음은 여전히 가깝다. 내 곁에 은경 선생님이 있다는 것은 행운이다. 기쁜 일도 함께하고 힘든 일은 서로에게 도움을 준다. 가족 못지않다.

부은숙 선생님은 전공이 도덕이었는데 진로 교사로 과목을 바꾸었다. 우리 둘은 열정이 하늘을 찌르던 20대에 만났다. 통근 버스로 출·퇴근을 하던 시절이다. 버스 안에서 앞다투어 아이들 이야기를 나누었고 문집 제작에도 의견을 주고받았다. 그러다가 집안 사정으로 대전으로 옮기면서 한동안 만남이 끊겼다. 그러다가 서울대학교에서 하는 행복 수업 기초연수 과정에서 만났다. 성향이 비슷한 사람은 받는 연수도 비슷하다. 오랜만에 만나 젊은 날처럼 아이들 이야기로 꽃을 피웠다. 역시나 서로에게 큰 배움을 일으키며 좋은 자극이 되었다. 몇 해 못 만난 그 기간에도 교직에서의 생활 방식과 모습은 역시 비

슷했다. 무엇보다 아이들에게 도움이 되고자 하는 마음, 지속
적인 성장을 꿈꾸는 교사라는 것을 서로를 보며 확인했다.

한편, 동료 교사끼리 의견이 맞지 않거나 가치관이나 교육철
학이 달라서 갈등이 생기기도 한다. 같은 교무실을 쓰면서 불
편한 관계에 놓이면 학교생활이 즐겁지 않다. 멀리서 보면 무
난하고 괜찮은 사람이지만 가까이에서 업무로 만나면 불편한
사람이 있다. 늘 뜻이 맞는 좋은 동료만 만나면 얼마나 좋을
까. 다양한 인간관계 속에서 사람 공부를 저절로 하게 된다.
교사는 성장하고 변화한다. 교사의 생애 주기를 연구한 논문
에서 성장에 영향을 주는 요인을 보면 교사 개인의 경험이 가
장 큰 요인으로 나온다. 개인의 경험에는 학창 시절 경험을 비
롯하여 결혼이나 육아 등 다양한 외부 경험이 있다. 그리고 내
부 경험에 동료 교사와의 만남이 있다. 인간관계, 쉽지 않은
문제다. 혹여 마땅치 않은 동료와 함께하게 되었다면, 대책을
마련해야 한다.

첫째, 공과 사를 구분해야 한다.

주어진 업무를 즉시 처리해야 전체적으로 원활하게 일이 진행된다. 국정감사 자료나 진학 통계를 위한 자료 등 학급별로 조사하여 짧은 시간 내에 보고해야 하는 일들은 더욱 그렇다. 이런 경우 한 사람이라도 협조하지 않으면 곤란을 겪는다. 사사로운 감정이 들어 언성이 높아지기도 한다. 불편한 감정이 쌓이게 된다. 지나고 보니 죽고 사는 문제도 아니었는데 왜 그리 얼굴 붉히며 살았나 싶다. 공적인 일에 감정 앞세우지 않고 담백하게 할 일에 대해 요구하면 되는데 말이다. 어떤 일이든 빠르게 처리하는 사람이 있고 여유 있게 처리하는 사람도 있기 마련이다. 한 발자국만 물러서면 시야가 넓어질 텐데 그걸 못했다. 일 중심으로 살다 보니 사람을 잃을 때도 있었다. 후회스럽다. 공과 사를 구분해서 일을 처리한다는 것이 쉽지는 않다. 하지만 사람을 잃는 것은 더 큰 것을 잃는 것이니 심호흡 한 번 하면 좋지 않을까?

둘째, 베푼다는 마음으로 학교생활에 임한다.
인간관계에서는 주고받는 일이 기본이다. 일방적으로 받기만 하거나 주기만 하면 오래가지 못한다. 많이 나누고 베푸는 사람의 얼굴빛을 보면 잔잔한 미소가 흐르고 평온하다. 그 사람 주위에는 누구나 머물고 싶어 한다. 좋은 일이 생기면 함께하고 싶고, 힘들고 어려운 일이 있을 때는 손 내밀며 도움을 청하게 된다. 근무지 만기가 되어 다른 학교로 옮기면 또 만나는 좁은 교직에서 사람에 대한 뒷얘기가 따라다닌다. 우리는 꼬리표라고 부른다. 사람보다 평판이 먼저 찾아온다. "A 학교 그 선생님 이번에 우리 학교에 온대요."라며 만나기 전부터 기분 좋아지기도 한다. 나누고 베풀기를 좋아하는 사람의 평판은 만나서 생활해보면 역시 최고다. 반면 받는 것에만 익숙해져 있는 사람이 있다. 이왕 직장 생활하면서 좀 더 베풀면서 사는 게 즐겁지 않을까. 내 것만 움켜쥐고 살 수는 없는 일이다. 나눌 것이 없는 사람은 없다고 생각한다. 배려하는 마음 씀씀이는 더 큰 유익을 준다.

셋째, 미운 감정보다는 배울 점을 찾는다.

미운 감정이 들면 자신이 힘들고 괴롭다. 미운 사람이 생기면 학교 오는 것이 싫어진다. 사람은 누구라도 장점과 강점이 있기 마련이다. 미워하는 감정에 사로잡히면 결코 볼 수 없다.

감정을 걷어내고 배울 점을 찾아보면 한두 가지 장점이 보인다. 그동안 만난 동료 중에 도저히 이해되지 않는 사람이 있었다. '왜 저렇게 말하지?' '명예퇴직 안 하나?' '다른 사람들이 얼마나 싫어하고 피하는지 모르나?' 마음속으로 온갖 생각이 들끓었다. 우리 반 수업 들어오는 것조차 싫었다. 마치 그 사람 때문에 학급경영이 방해되는 듯한 생각까지 들었다. 하지만 객관적으로 보았더니 아이들에게 너그럽게 대해 준다는 것을 알았다. 아이들은 무엇을 배웠는가 보다, 자신을 어떻게 대해 주었는지를 기억한다고 하지 않던가. 많이 알려주고 많은 것을 요구하는 선생님도 있어야 하지만, 여유로운 선생님도 있어야 하지 않을까. 나는 그런 너그러움을 게으름으로 알고 있었다. 아이들을 품을 수 있는 넓은 마음은 중요한 덕목이다. 다시 생각해 보니 아이들 마음을 보듬어준 교사였다. 미운 마음도 걷혔다. 내가 편해졌다. 그래서 좋다.

마음에 드는 동료가 있고, 뭘 해도 미운 사람 있다. 운 좋게도 좋은 사람과 연이 닿으면 일 년이 행복하고, 그렇지 않을 땐 365일이 괴롭다. 사람의 마음이란 게 간사하여, 내게 도움 되거나 호의적인 사람에게 정이 가게 마련이고, 조금이라도 미운 짓 하면 정이 떨어지기 쉽다. 내 의지로 어쩔 수 없는 만남 속에서 다양한 사람들과 잘 지내는 방법을 계속 찾아봐야 하지 않을까.

Part _02

〈제 2 장〉

명예퇴직을 앞다투는 교사들

한계를 느낀 교사들

학교 가기 싫다는 말은 학생들만 하는 얘기라고 생
각했다. 어느 순간부터 내 입에서도 터져 나오고 있었다. 명예
퇴직으로 학교를 빠져나간 동료가 많다. 날마다 언제 그만둘
수 있을까 달력만 쳐다보는 사람도 있다. 연금만 생각하면서
버티기도 한다. 여러 차례 있었던 연금 개혁으로 인해 받게 되
는 금액과 개시일에 민감하다. 가슴 아픈 일이다. 그렇게 하
나, 둘 함께 했던 동료들이 떠나갈 때마다 나도 무너져 내렸
다. 특히 가까이 지냈던 동료가 퇴직을 결정하고 나면 나도 갈
대처럼 흔들린다.

'왜, 떠나야만 하는가?'

'무엇이 문제인가?'

'이대로도 괜찮은가?'

이런 질문들은 아무런 도움이 되지 않았다. 대신 끝까지 살아 남아야 할 명분을 찾는 것이 빨랐다. 대출금은 내 발목을 잡는 첫 번째 요인이다. 마음이 흔들리는 것조차 사치다. 교장승진을 포기하면서 교직의 꽃은 담임이라고 주장했던 것처럼 나만의 논리를 내세운다. 정년퇴직해야 교사로서 할 일을 다 한 것이라고 나를 다독였다. 끝까지 가는 것만이 내가 선택한 교직에 책임을 다하는 것이라고 마음먹었다. 한계를 느끼고 떠나가는 사람이 많다 보니 이를 분석하고 연구한 논문들이 속속 나오고 있다. 논문에서 밝히는 명예퇴직에 대한 사유와 우선순위는 조금씩 차이가 있다. 학교나 지역에 따른 차이도 있고 연구자의 방향에 따라 다르기도 하다. 내가 공감하는 요인들만 살펴보기로 한다.

첫째, 과중한 업무부담이다.

나는 행정적인 업무에서 먼저 한계를 느낀다. 학교에서는 과다하게 사업비를 지출해야 할 때가 있다. 마흔 초반에 과학실 현대화를 위해 학교에 살다시피 하며 업무를 처리해야 할 때를 생각하면 끔찍하기까지 하다. 내려온 사업비 다 쓰지 못해 불용액을 발생시키는 경우까지 발생하고 있다. 선생님이 교육전문가가 아니라 사업전문가가 되어야 하는지 의아할 지경이다. 교육지원청이나 지방자치단체에서 지원되는 사업비는 사용 항목이나 보고 절차가 까다롭다. 초보 교사 때 수원시 예산을 사용할 일이 있었다. 그 당시 사물놀이반을 지도하고 있었다. 내려온 예산으로 부족한 악기를 구매하려고 했지만, 좋은 품질의 악기를 정해진 가격에 맞추는 일은 쉽지 않았다. 시에서 요구하는 품의에 맞추다 보면 정작 아이들 수업에 직결되는 물품을 구매하기는 힘들다.

둘째, 교육과정 개편에 따른 어려움이 많다.

백년대계는커녕 교육정책과 교육과정의 잦은 변경은 현실이고 적응해야 할 과제다. 교육부에서는 7차 교육과정을 마지막으로 더 이상 전면적으로 개정하지 않는다. 8차부터는 부분적으로 수시 개정하고 있다. 그것이 제7차 이후 교육과정 수시 개정, 2009 개정 교육과정, 2015 개정 교육과정이다. 이제 11

번째 교육과정이면서 수시 개정 교육과정으로는 4번째 겪어야 하는 변화를 눈앞에 두고 있다. 바로 역량을 핵심으로 하는 2022 개정 교육과정이다.

길게는 10년부터 5년 단위로 개편되었는데 이제는 수시 개정 교육과정으로 변하고 있다. 변화의 핵심을 보면 1차부터 5차까지는 교과에서 경험, 학문, 인간, 통합중심으로 이어왔다. 6차는 21세기 미래상을 위한 교육, 7차에는 학생 중심 교육이 개정 교육과정의 흐름이다.

이러한 개정 교육과정을 거치면서 교육은 많은 변화를 가져왔다. 교과교실제와 집중이수제가 도입되었다. 대학 입학시험은 대학 수학능력시험으로 바뀌었다. 1996년에는 국민학교가 초등학교로 바뀌었다. 주 5일제 수업이 도입되면서 2005년에는 매월 4번째 토요일에 학교에 가지 않았다. 2006년 되면서 매월 둘째, 넷째 주에 쉬면서 갈 토(학교 가는 토요일), 놀 토(노는 토요일)라는 용어도 생겼다. 자유학기제에 이어 자유 학년제가 들어왔다. 일률적인 평가가 사라지고 있다. 평가 방법이 다양해지는 건 업무부담은 생기지만 바람직하다.

나는 4차 교육과정부터 교직에 몸담았으니 그동안의 변화를 살아낸 셈이다. 교육과정의 변화를 가장 크게 느낀 건 교과서가 바뀌는 것이었다. 교육과정 개편은 바뀐 교과서를 손에 들 때야 실감 났다. 어떤 부분이 어떻게 달라졌는지 찾아서 연구하고 지도안을 작성하여 가르쳐야 했다. 그때마다 적응하는 과정은 만만치 않았다.

셋째, 교권 침해의 심각성은 교사의 설 자리를 빼앗고 있다.
교사에 대한 학부모와 학생의 위협적인 언행이 증가하고 있어 교사들 사기가 떨어지고 있다. 교육활동에 전념하지 못하고 민원에 시달리지 않기 위해 전전긍긍하고 있다. 학부모들이 아무런 제제없이 학교에 출입하여 교사를 폭행하는 사고까지 벌어지고 있다. 학생의 교사 폭력도 빈번하다. 어떤 연구에 의하면 최근 3년 동안 교권 침해를 당한 교원은 65%에 달하는 것으로 조사되었다. 40%의 교원은 교권 침해가 심각하다고 응답했다. 교권 침해자로 43.5%의 교사들이 학부모를 꼽았다. 학생에게 교권 침해를 당했다는 응답도 15.6%에 달했다.
이러한 교권 침해는 중학교에서 심각하다. 스승의 그림자도 밟지 않는다는 옛말은 사라진 지 오래다. 학생 인권은 강화되었지만, 교권은 끝없이 추락하고 있다. 입에 담지 못할 욕을 하는 일도 빈번하다. 교권 하락은 사기 저하로 이어진다. 그러다 보니 학생생활지도를 기피하고 관심을 두지 않게 된다. 헌신하고 협력해야 하는 교직 문화 대신 교육에 대한 불신이 깊어진다. 너도나도 앞다투어 명예퇴직 대열에 합류하고 있다. 결코 남의 얘기가 아니다.

교사들은 다양한 연수를 받으며 새로운 방법으로 아이들을 지도하기 위해 노력한다. 나 역시 '효과적인 부모 역할 훈련(PET)'을 비롯하여 대화법, 갈등 조절법 등의 연수를 찾아다니며 연구했다. 그러나 교사 개개인의 노력에도 불구하고 교권 침해사례는 늘고 있다. 교육에 전념할 수 있는 특단의 교권 보호 대책이 절실하다.

교원 열 명 중 일곱 명은 다시 태어나면 교직을 선택하지 않겠다고 답했다. 전국 유·초·중·고·대학 교원 8,431명을 대상으로 41회 스승의 날 기념 교원 인식 설문조사 결과에서 나온 대답이다. 다시 태어나도 교사로 살 거냐고 나에게 묻는다면 망설이지 않고 다시 교직을 선택할 거다. 내 삶의 중심이 학교였고, 아이들과 함께해 왔으니 말이다. 나에게 있어 교직은 천직(天職)이라고 당당하게 말한다. 학생을 믿어 주고 잘 소통하려고 노력해왔다. 잘 가르치는 선생님이 되고자 학생의 강점을 찾아 지도했다. 한계를 느낄 때마다 한 걸음 더 나아갔다. 효과적인 학습 방법을 찾고 고민했다. 그런 시간은 지금까지의 나를 지켜주었다.

교사의 한계는 분명히 있다. 그 한계점을 뛰어넘으라는 이야기는 하고 싶지 않다. 다만, 한 사람이라도 자신이 선택한 교육자의 길을 후회하지 않기를 바랄 뿐이다. 미래를 이끌어 갈 주역을 만들어 내는 일이 어디 쉽기만 하겠는가. 교사들의 수고가 빛을 볼 날이 분명 오리라 믿는다.

팍팍한 현실 앞에서

수원의 작은 동네 송죽동 지하 단칸방에서 신혼살림을 시작했다. 1986년 겨울이었다. 전세금 300만 원이 전 재산이었다. 세간살이는 달랑 비키니 옷장이랑 앵글로 만든 책장이 전부였다.

그 이듬해인 1987년 여름에 기록적인 폭우가 쏟아졌다. 장마로 이어진 비는 기어코 방안까지 점령하고 말았다. 남편과 나는 자다가 놀라 깨어 몸만 겨우 빠져나왔다. 뱃속에는 5개월 된 첫 아이가 있어 몸이 점점 무거워지고 있을 때였다. 눈 앞에 펼쳐진 물난리가 믿기지 않았다. 손에 잡히는 대로 바가지와 그릇을 들고 방바닥까지 들어온 물을 퍼냈다. 다음 날 아침, 상황을 보니 지하에 살던 사람들은 우리처럼 물벼락을 맞았다. 동네는 초토화 상태였다. 골목에는 물에 젖은 물건들이 뒹굴고 있었고 이불이나 옷가지들은 여기저기 널브러져 있었다. 어처구니없는 상황이었다. 우리 부부는 망연자실했다. 이웃 사람들도 풀이 죽어 있었다. 냄비, 솥단지 등 살림살이들을 주섬주섬 챙기며 정신을 차려보려 애썼다.

방역차가 와서 하얀 연기를 뿜어대며 소독에 나섰다. 수인성 전염병에 노출되었다며 보건소에서 실시하는 방역 주사도 맞았다. 그해 여름을 보내고 나니, 더 이상 지하에서 살 자신이 없었다. 배는 점점 불러왔다. 올림픽이 열리던 1988년 1월에 큰아들 강휘가 태어났다. 지하 단칸방에서 세 식구가 사는 게 여간 불편하게 아니었다. "우리 아들도 작년처럼 물난리 겪으면 안 되겠지? 무리하더라도 여름 되기 전에 옮기자." 남편이 말했다. 우리는 은행에서 대출받았다. 백일 갓 지난 아들과 함께 드디어 지하에서 벗어나 1층으로 올라갔다. 살 것 같았다. 지하 냄새도 안 났다. 천국이 따로 없었다. 하지만 그것도 잠시, 그해 여름에도 폭우는 우리 동네를 덮쳤다. 지하를 벗어난 우리는 괜찮았지만, 이웃은 또 수재민이 되었다. 우리 가족 공간은 소중하지만, 지하 사람들을 외면할 수 없었다. 물난리를 겪어봤으니 누구보다 그 심정을 알고도 남았다. 우리 집 거실은 이웃들의 피난 살림살이로 가득 찼다. 물이 빠진 후 집안을 보수하고 짐을 가져갈 때까지 한집처럼 지냈다. 한 지붕 아래, 2층부터 지하까지 다섯 가구가 옹기종기 살았다. 우리는 작은 것도 나누었다. 서로의 어려움을 외면하지 않고 살피면서 다정하게 지냈다. 가난했지만 사람 냄새 나는 시절이었다. 모두 잘살고 있는지, 가끔 그립다.

그렇게 다세대주택 1층에서 6년을 살았다. 강휘가 초등학교 입학을 앞둔 시점에 저축해 둔 돈과 대출을 감행하여 우리 집을 마련했다. 빈 주먹으로 시작하다 보니 둘의 월급을 꼬박꼬박 모아도 목돈을 마련하는 건 쉽지 않았다. 그때만 해도 오전반, 오후반으로 운영하는 초등학교가 있었다. 무리하여 이사를 한 건 오전 오후반이 없는 학교에 보내기 위해서였다. 늘 궁핍한 생활의 연속이었지만 살림이 늘어가는 기쁨은 쏠쏠했다. 누구에게도 손 내밀지 않고 아이 키우면서 작은 행복을 맛보던 시절이다. 책장이 필요하여 가구거리에 가서 이리저리 살피고 살펴서 하나씩 들여놓았다. 조금이라도 더 싸고 튼튼한 책장을 사야 했기에 발품 팔아서 마련했다. 우리 집 책장 모양이 모두 제각각인 이유다. 오랫동안 책장으로 사용했던 앵글은 주방용품들과 가재도구 수납장으로 최근까지 재활용했다. 비키니 옷장은 물난리 때 떠나보냈다. 1층으로 이사하면서 이불을 넣을 수 있는 근사한 장롱을 샀을 때의 기쁨 또한 컸다.

매월 17일, 25일은 남편과 나의 월급날이다. 한 달에 두 번, 우리 집 외식하는 날이다. 강휘가 커가면서 먹성이 좋아지고 고기를 좋아하기에 월급날은 고깃집으로 갔다. 아들은 구우면 굽는 대로 눈 깜짝할 사이에 먹었다. 우리 부부는 냄새만 맡고 된장국에 공깃밥으로 대신했다. 아들이 맛있게 먹는 모습만 봐도 행복했다. 우리 부모도 나를 그렇게 키웠겠지. 부모 마음을 조금 알 것 같았다. 우리 부부는 가끔 옛이야기를 하면서 "그래도 그때 참 좋았어."라며 가난한 날들을 추억한다.
우리는 교사와 회사원으로 성실한 월급쟁이였다. 계속 그렇게 살았으면 큰 어려움은 없었을 터다. 화학을 전공한 남편은 회사에 다니면서도 하던 일을 답습하지 않았다. 새로운 분야를 고민했다. 페인트회사에서 액체가 아닌 스프레이로 뿌리는 페인트인 분체 도장을 담당했다. 파우더 코팅이라고도 하는데 분말 형태의 도료를 금속에 직접 부착하는 일이었다. 남다른 역량을 발휘하고 인정받으며 만족스럽게 회사에 다녔다. 성실한 노력으로 동기들보다 승진도 빨랐다. 액체 도장보다 환경오염이 덜하고 화재위험도 낮아 분체 도장으로 전환되며 시장이 확대되고 있었다. 하지만 IMF가 터지면서 회사를 옮기게 되었다. 좋은 조건으로 이직하기에 크게 걱정하지 않았다. 옮긴 회사에서도 남편은 열심히 일하고 좋은 아이디어가 많아서 금방 인정받으며 자리 잡았다. 그렇게 회사원으로만 살았으면 얼마나 좋았을까?

남편은 두 번째 회사로부터 독립해서 기술연구소를 설립했다. 전공을 살려 다양한 실험을 하기 시작했다. 평소에 하고 싶었던 유기화학 분야를 깊이 연구했다. 생활 속에 응용하는 부분으로 성과를 내고 싶어 했다. 나는 남편을 전폭적으로 지지했다. 작은 지하 공간에서 시작했지만, 규모는 조금씩 커졌다. 나라에서 지원해주는 벤처사업에 당첨되면서 제법 연구소 모습이 갖춰졌다. 좋은 아이디어와 아이템 덕분에 일거리는 많았다. 분체 도장에 그치지 않고 다른 분야에도 관심을 두고 계속 연구했다. 그렇게 노력한 결과 국내 대기업 화장품 용기를 남편 기술로 코팅하게 되었다. 자동차 바퀴 휠 코팅 분야도 그럭저럭 잘 되었다. 밤낮없이 뛰며 안정궤도에 올라가는 듯했지만, 세상은 녹록지 않았다. 약속을 목숨처럼 여기고 지키는 남편을 세상 사람들은 가차 없이 이용만 했다. 좋은 기술인 것도 알고 돈이 되는 것도 아는 사람들은 어떻게 하면 기술을 뽑아낼 것인지만 궁리했다. 승승장구할 것 같았던 사업은 겨우 현상 유지에 급급했다. 시간이 지나면서 대출로 이어지는 현실 속에서도 남편의 기술이 언젠가 빛을 발하리라 믿었다. 하지만 서서히 한계가 오고 있었다.

세 아이가 커 가면서 쓰임새는 점점 커졌다. 교육비와 생활비는 오로지 내 몫이었다. 평소 강점이라고 생각했던 남편의 성실함과 우직함은 현실의 벽 앞에서는 아무짝에도 쓸모없는 듯 느껴졌다. "아니, 사업한다는 사람이 그렇게 융통성이 없어? 이러다 우리 길거리에 나앉게 생겼다고! 나도 힘들어! 학교 그만두고 싶다고!" 그렇게라도 내뱉지 않으면 못살 것 같았다.

돌아서면 후회하면서도 또 그렇게 말하곤 했다. 다행스럽게 남편의 진실한 면모와 실력을 알아주는 사람들이 있었다. 그분들이 물심양면으로 지지해 준 덕분에 20년 가까이 연구소를 유지해 오고 있다. 하지만 나는 차라리 문을 닫으면 좋겠다는 생각을 하루에도 셀 수 없이 했다. 한 치 앞을 볼 수 없어 불안했기 때문이다.

하늘이 도왔을까? 남편의 신념이 헛되지 않은 걸까? 코로나19 덕분에 그동안의 연구성과가 빛을 발휘하게 되었다. 은을 이용하여 만든 제품인 마스크 검사 결과가 나왔다. 코로나는 물론 650여 종의 바이러스와 박테리아를 99.9% 박멸할 수 있다고 적혀있었다. 숨통이 트였다. 죽으라는 법은 없었다. 미국 FDA의 승인을 받은 항균 마스크가 출시되었다. 남편 기술이 국내 특허로 등록되었다. 은 코팅 필터가 부착된 마스크는 여러 번 세탁해도 바이러스 차단 효과가 우수하다고 입증되었다. 친환경적인 요소가 특히 주목받았다. 페루로 수출도 하고 국내시장에서도 입소문을 타고 나갔다. 하지만 상승세는 몇 달 가지 않았다. 가격 경쟁력에서 밀렸다. 가격 부담 없는 1회용 마스크가 대거 등장하면서 주춤하고 말았다.

지금도 남편은 연구에 연구를 거듭하고 있다. 남편 일이 제대로 인정받고 풀려서 이 빚더미로부터 놓여나고 싶다. 팍팍한 현실에서 완전히 벗어나는 날을 그려본다. 힘든 상황을 이겨 내기 위해서 나의 일에 정진하고 있는 나를 격려한다. 아침마다 파이팅을 외친다.

03

행복한 교사로 퇴직하기

아이들을 더 이상 사랑할 수 없을 때, 나는 주저 없이 교단을 떠날 것이라며 입버릇처럼 말했다. 나라에서 정한 물리적인 나이 62세를 굳이 퇴직이라고 생각하고 싶지 않았다. 교사로서의 나의 정체성은 '아이들 사랑'에 있었기 때문이다. 나는 아이들을 좋아한다. 초임 때부터 지금까지 여전히 참 좋다. 아이들이 좋아서 교사를 꿈꾸었고 교사가 되었다. 그들의 해맑음이 좋다. 눈에 보일 정도로 쑥쑥 자라는 것을 지켜볼 수 있어 뿌듯하다. 수업하는 것도, 같이 노는 일도 좋다. 아이들이랑 눈높이를 맞추고 지내다 보면 나도 10대로 돌아가는 듯하다. 그렇다 하더라도 과연 365일을 한결같이 사랑했을까? 솔직히 말하면 항상 그러지 못했다. 애들이 눈에 들어오지 않을 때도 있었다. 내 생활이 힘겨워서 허깨비처럼 학교를 오고 갈 때는 아이들이 안중에 없었다. 힘들어도 교단을 떠나지 못한 이유는 생계형 교사였기 때문이다. 아이들 사랑은 뒷전이고 살아야 하니까 꾸역꾸역 근무하기도 했다.

예상치 못한 코로나19로 개학이 늦어졌다. 입학식이 4월로 연기되었다. 연간 190일이라는 법정 수업일수가 줄어들고 학교에 듬성듬성 오게 되었다. '아이들 없는 학교'가 시작되었다. 교육활동이 온전히 이루어지지 않는 아쉬움은 크지만 일단 몸이 편안했다. 일과 중에 생기는 크고 작은 다툼이 없으니 한결 수월하고 여유도 있었다. 과제 제출과 출결 점검을 비롯한 자잘한 일들로 스트레스를 받긴 하지만 감당할만했다. 아이들이 일어났는지, 자가 진단은 했는지, 원격수업에 제대로 참여하는지 살펴야 했다. 집에 있는 아이들 상황을 확인하기 위해 전화통을 붙들고 사는 오전에는 콜센터 수준이었다. 오후에는 원격수업을 위해 동영상 제작법, 구글 사용법, 밴드 기능 활용하기 등 컴퓨터 기능을 익히느라 분주했다. 컴퓨터 학원이 된 듯한 교무실 풍경이었다. 콜센터와 컴퓨터 학원이 된 교무실

분위기는 생소했지만, 금방 익숙해졌다. 또 아이들이 없는 학교는 낯설었지만, 의외로 바로 적응이 되었다. 나는 이미 2016년부터 거꾸로 수업에 영상을 활용하고 있어 한결 수월했다. 그동안 오캠으로 디딤영상을 만들었던 일이 도움이 되었다. 학교 현장은 혁신 교육과 함께 변화의 움직임이 가속화되고 있었다. 코로나19로 인한 급속한 변화는 당혹스러웠지만 모두 각자 자리에서 잘 이겨 냈다.

3년가량 지속된 코로나 사태로 휘몰아쳤던 시간이 잠잠해지고 있다. 비대면 수업, 원격수업이 또 하나의 교육 방식으로 자리매김했다. 더불어 대면 교육의 소중함을 체험했다. 교사는 어떤 환경 속에서도 자신의 역량을 발휘하며 대처해야 했다. 교사의 역할이 중요하다는 것을 다시 느낀 지난 3년이었다.

교사의 삶이 건강하고 행복해야 아이들에게 좋은 영향을 줄 수 있다. 나는 행복한 교사로 살고 싶었다. 37년 동안 교사로 살아오면서 행복한 교사가 되고 싶었던 나의 성장 과정을 돌아본다.

첫째, 잘 가르치는 선생님

'어떤 교사가 되어야 할까?' 머릿속으로 생각은 했지만 딱히 어떤 철학을 정립하지 못하고 교단에 섰다. 16년 동안 학교 다니면서 선생님들께 배운 대로 교사 역할을 했다. 내 가슴속에 좋은 선생님으로 기억되는 분들을 떠올리면서 따라 하기 시작했다. 어린 나이에도 대충 가르치는 선생님과 열심히 가르치는 선생님은 다르게 보였다. 무엇보다 공부할 내용을 잘 알려주는 선생님 시간은 집중이 잘 돼서 좋았다. 뭐니 뭐니해도 선생님은 잘 가르치는 게 최고다. 어려운 문제를 척척 풀어주고, 복잡한 문법을 쉽게 알려주는 시간이 즐거웠다. 칠판 가득 필기를 체계적이고 멋들어지게 하는 모습이 멋져 보였다. 선생님이 써준 것을 공책에 적으면서 외우고 또 외웠다. 요즘처럼 서술형이나 논술형은 없었고 객관식 문제 풀이가 전부였다. 만점 받으면 가슴에 충만감이 느껴졌다. 선생님의 칭찬과 격려는 공부하는 즐거움을 더해주었다. 그 맛에 또 공부하는 선순환이 이루어졌다.

나도 아이들을 잘 가르치고 싶었다. 어떻게 하면 쉽게 가르칠 수 있을까를 고민하고 연구했다. 기회 있을 때마다 연수받으며 즐겁게 가르치려고 노력했다. "과학이 어려웠는데 이해가 잘돼요." "재미없는 과목인 줄 알았는데 재미있어요." "머리에 쏙쏙 들어와요." 학생들이 이런 얘기를 할 때 보람 있고 기쁘다. 교사의 역할 중 잘 가르치는 일은 무엇보다 중요하다.

둘째, 탐구하고 끝까지 배우는 선생님

공부에만 집중하다 보니 뭔가 허전하고 이게 전부인가라는 물음을 계속 던졌다. 책을 찾아보았다. 신통한 답이 없었다. 선배 교사들의 교육활동을 참고했다. 허기진 나의 마음은 채워지지 않았다. 고민 끝에 2004년에 상담 대학원에 진학했다. 어설프게 알고 있는 상담 분야에 대해 확실하게 알고 싶었다. 대학원을 다니는 2년 반 동안 모든 일정은 대학원 공부에 초점을 맞추었다. 단 한 번의 지각이나 결석 없이 과정을 마쳤다. 졸업시험만으로도 학위를 받을 수 있었다. 하지만 나는 기꺼이 논문의 길을 선택했다. 열심히 써서 우수논문상도 받아서 뿌듯했다. 논문 주제는 《중학생의 진로 성숙도 향상을 위한 집단상담 프로그램 개발연구》였다. 대학원에서 체계적으로 상담을 배운 것이 새로운 도약이 되었다. 실력과 인성이라는 두 마리 토끼를 잡는 교사가 되기 위해 노력했다. 제대로 된 집단상담을 시작했다. 기대 이상으로 효과는 좋았다. 한 달에 한 번 씩 했다. 지금까지 집단상담을 꾸준히 이어오고 있다. 배움은 헛되지 않았다.

셋째, 행복한 선생님

집단상담을 하면서 나는 누구라도 더 도와주고 싶은 마음이 충만해졌다. 마치 세상을 다 끌어안을 것처럼 팔을 벌리며 행복한 교사로 성장해 나갔다. 2012년, 서울대학교 행복연구센터에서 교사 연수가 있다는 공문을 접했다. 주저 없이 신청하여 행복 교육 기초 워크숍을 받았다. 이어지는 심화 워크숍에도 참여했다. 그리고 교사 행복 대학까지 머뭇거림 없이 이어 갔다. 행복을 배운다는 희열감에 휩싸였다. '행복 교과서'가 있다니 입이 쩍 벌어졌다. 행복은 그냥 주어지는 것이려니 하며 착각하고 있었다. 아이들에게 행복을 가르칠 수 있다는 생각에 가슴이 꽉 차오르는 느낌이 들었다. 교육과정 속에 행복 수업을 녹여 내기 위해 체계가 잡힌 학교도 있었다. 몹시 부러웠다. 나는 학기 말이나 학년말 등 자투리 시간을 활용하여 짬짬이 행복 수업을 했다. 과학이 아닌 행복 수업을 하니 심장이

요동쳤다. 지금은 자유 학년제 주제 선택 시간을 활용하여 행복 수업을 하고 있다. 관점 바꾸기, 감사하기, 몰입하기, 목표 세우기, 음미하기, 비교하지 않기, 베풀고 나누기, 관계를 돈독하게 하기, 용서하기 등 아이들의 행복을 가꾸어 준다는 행복한 교사로의 성장에 큰 몫을 하는 행복 수업은 멈출 수 없다.

행복 교과서에서는 적극적으로 추구해야 하는 인생의 기초체력을 행복이라고 정의한다. 나를 채워주는 기초체력은 무엇일까? 지금을 잘 살아내는 일이다. 웃으며 가르치고, 배울 수 있는 곳! '학교'가 곧 나의 행복이다.

04
....

37년 차 평교사의 철학 들여다보기

어쩌다 37년, 승진하고 싶었다. 인사행정을 위한 평
정 분야는 경력, 근무성적, 연수성적, 가산점 등이 있었다. 만
만찮았다. 그렇지만 바로 포기할 수 없어서 연구점수를 위해
씨름을 시작했다. 학생과 교사 발명대회를 준비하고 노력한
결과 상을 받으니 점수가 채워졌다. 대학원도 점수가 있었다.
마침 상담 관련 공부도 하고 싶었기에 대학원에 진학하였다.
상담 공부는 기대 이상으로 유익하고 재미있었다. 또래 상담
은 생활 현장을 공유하는 비슷한 연령대의 아이들이 서로를
돕는 일이었다. 관심을 가지다 보니 솔리언 또래 상담프로그
램까지 접하게 되었다. 상담사례는 현장에서 느끼던 한계를
어떻게 풀어가는지를 알게 되어 도움이 되었다. 공부하는 내

내 배움은 끝이 없다는 것을 절실하게 느꼈다. 석사를 마치고 박사과정을 이어가고 싶었다. 박사과정에 상담 관련 과목이 없어서 고민했다. 마침 김영희 지도교수님이 융의 분석심리학과 대상관계 등 몇 개 과목을 개설해 주었다. 교육 정책학과에서 상담 과정을 공부하게 되었으니 배우려고 했던 강한 의지 덕분이다.

연구도 하고, 대학원 진학도 하는 등 온갖 노력 끝에도 결국 넘지 못할 산이 있었다. 가산점 항목 중 지역 근무점수였다. 마지막 걸림돌이었다. 섬이나 농어촌에서 근무하지 않으면 채울 수 없는 부분이었다. 경기도는 지역 점수가 있는 곳이 대부도와 경기 북부지역이었다. 둘 다 근무 불가능하다는 결론이었다. 미련이 남아 가능한 예상 시나리오를 짜서 궁리해 보아도 답이 나오지 않았다. 애를 쓴다면 겨우 교감으로 승진할 정도는 되지만 교장까지는 어림없었다. 깨끗하게 접었다. 포기라는 말을 쓰고 싶지는 않았다. 그때부터였다. 퇴직하는 그날까지 나는 최고의 담임교사가 되기로 했다.

'교직의 꽃은 담임이다' 라는 말이 또 하나의 교육철학이 되었다. 담임은 아이들이 성장하는 모습을 가장 가까이에서 지켜볼 수 있다. 아이들을 따뜻한 시선으로 바라보고, 머리 쓰다듬으며 격려한다. 힘들 때는 품어 주기도 한다. 그래서 학생들은 졸업 후에도 유독 담임에 대한 추억을 더 오래 간직하게 된다. 3월 신학기가 되면 학생들은 어떤 선생님이 담임이 될지가 중요한 관심사다. 담임선생님을 대면하는 순간 희비가 엇갈리기도 한다. 교사 역시 마음의 준비를 한다. 이때 교사는 자신만의 가치와 원칙이 분명해야 한다. 교사와 학생이 서로 절충가능한 지점에서 학급 규칙을 정하는 일이 필요하다. 담임 지도역량에 따라 학급 분위기는 극명하게 차이가 나기 때문이다. 나의 경험으로는 3유 3무가 효과적이었다. 즐거운 학교생활을 위해 서로 지켜야 할 세 가지와 하지 말아야 할 세 가지를 정하는 일이었다. 학급 회의를 거쳐 민주적으로 정한 규칙은 곧 문화가 된다. 세 가지 정도면 충분하다. 1년 동안 약속을 지키는 것이 관건이다.

친구 관계도 파악해야 한다. 누가 어떤 친구와 지내는지, 따돌

림이 있는지 자주 들여다보아야 한다. 사춘기를 거치는 미숙한 30여 명이 한 교실에서 생활하다 보면 여러 가지 갈등이 빚어지고 문제가 생긴다. 이때 학급 내 상황을 파악하고 관리하는 일도 담임 몫이다. 담임이 아이들을 어디까지 책임지고 지도해야 할지 힘겨울 때가 많다. 교실에서 일어나는 일들에 대한 무한 책임이 버겁다. 그러다 보니 담임 기피 현상이 생기고 비담임을 선호하게 된다. 담임 업무를 줄여 주고 일의 보람을 느낄 수 있도록 대우하고 격려해야 한다. 담임교사의 업무를 법제화하는 건 어렵다. 하지만 최소한의 업무 기준을 마련하고, 업무 매뉴얼도 제공되면 좋겠다. 이 모든 것을 알고도 기꺼이 감당하는 사람이 담임교사다. 따라서 교직의 꽃은 '담임'이다.

나는 1년살이 교사다. 아이들과의 사계절은 다람쥐 쳇바퀴 돌고 있는 듯했다. 쉼 없이 앞만 보며 달리다 보니 어느새 10년이 훌쩍 흐르고, 20년도 금방이었다. 뭔가를 손에 꼭 쥐고 싶다는 열망이 올라왔다. 경력 10년 무렵, 드디어 나의 굳건한 교육철학이 생겼다. "아는 것을 행동으로 옮기는 것!" 바로 지행합일(知行合一)이다. 아이들을 지도하다 보면 몰랐다는 말을 많이 듣는다. 학교 규칙을 모르면 다시 알려준다. 친구와 다투고 나서 화해할 줄 모르면 잘못을 인정하고 용서를 청하도록 한다. 공부하는 방법을 모르면 공부를 왜 해야 하는지부터 생각하자고 한다. 학급 규칙이 왜 필요한지 토론한다. 알게 된 것은 행동으로 옮겨야 한다는 것을 강조한다.

아이들은 날마다 여러 교과에서 다양한 지식을 배운다. 더불어 삶의 가치도 배운다. 가정에서는 부모에게 예의범절도 배우고 세상을 살아가는 지혜도 익힌다. 이래저래 앎은 늘어나는데 행동에 변함이 없다면 안 될 일이다. 지행합일을 교실 곳곳에 적어두고 급훈으로 정했다. 모르면 배우면 된다. 잘못 알고 있는 건 다시 배우면 된다. 알고 나면 그것을 행동으로 옮기는 일이 중요하다. 귀에 못 박힐 정도로 날마다 되풀이하며 강조했다. 그것은 교육철학이자 내 삶의 철학이기도 하다. 나는 말로 하기보다 행동으로 모범을 보이려고 한다.

교사인 내가 먼저 실행하는 건 기본이다. 나를 지켜보는 동료 교사들은 한결같이 실행력 최고라며 엄지척한다. 아는 것을 행동으로 옮기는 실행력, 이 삶의 원칙을 지켜가고자 한다. 언

제까지나 배워야 한다는 생각에는 변함없다. 아이들의 몸짓에
서 배우고, 동료 선생님들에게서 배우고, 책에서 배우고, 길
위에서도 배운다. 배움은 즐겁다. 배움을 익혀서 내 것으로 만
들기 위해 내 삶에 바로 적용한다. 내 삶은 날마다 좋아지고 있
다. 아이들과 함께 성장하는 교사가 곧 나의 정체성이다.

'지행합일(知行合一)'
아는 것을 행동으로 옮기는 것, 날마다 나와 아이들의 가슴에
새긴다.

방황하는 교사, 방향 찾는 교사

나는 뼛속부터 교사였을까?

'연극배우였더라면, 여행가라면, 약사는 어땠을까?' 이런저런 생각은 해보지만, 고개를 젓는다. 딱히 특별한 재주가 없었던 내가 할 수 있는 것이라고는 공부뿐이었다. 공부 열심히 하면 성적으로 연결되고 선생님이나 어른들에게 인정받을 수 있었던 유일한 길이었다. 내가 다니던 중학교에서는 전교 1등부터 5등까지는 장학금을 주었다. 어린 마음에 그 장학금은 공부하게 된 큰 원동력이었다. 공부를 잘하는 전교 석차 1등과 2등은 고정적이었지만 그 뒤 세 명은 자리바꿈을 자주 했다. 장학생 틈에 끼이면 나도 할 수 있다는 자신감이 생겼다. 그래서 수업 시간에 선생님 설명 잘 듣고, 열심히 공부하다 보니 성적이 점점 올랐다. 공부에 차츰 재미를 붙이게 된 계기도 바로 장학금 덕분이었다. 액수를 떠나 확실한 동기부여가 되었다.

고등학교 진학을 앞둔 추운 겨울이었다. 학원에 갈 형편은 안 되니 스스로 해야겠다고 마음먹었다. 자기주도학습이 시작되었다. 수학 정석, 겉표지가 딱딱하고 묵직한 주황색 책을 손에 쥐었다. 추위도 잊은 채 교실에서 혼자 수학 공부를 시작했다. 집합, 인수분해까지는 혼자서도 할 만했다. 함수, 미분과 적분 등 뒤로 갈수록 점점 어려워지면서 속도는 떨어졌다. 그때는 중학교 과정을 복습하기도 하고, 영어 단어와 숙어도 외우면서 고등학교 준비를 했다. 시골 학교는 산으로 둘러싸여 있었다. 무서운 줄도, 추운 줄도 모르고 열심히 공부했던 그 시간은 지금의 나를 만들어 준 귀한 시간이다.

고등학교에 가니 매주 월요일 아침마다 '주초 고사' 라는 시험을 봤다. 한 달에 한 번씩 치르는 월말고사는 기본이었다. 주말에 학생들이 놀지 못하도록 영어, 수학, 국어를 돌아가면서 한주에 한 과목씩 시험을 본 것이었다. 홀로 공부했던 그 시간

동안 실력이 쌓였는지 성적이 좋았다. 전교생이 볼 수 있는 큰 칠판에 상위 성적 학생의 명단을 적었다. 명예의 전당인 셈이었다. 거기에 이름이 올라가는 것은 인정받고 어깨가 으쓱해지는 일이었다. 장학금을 받던 중학교 때 보다 훨씬 기뻤다. 공부 잘하는 아이들 명단에 이름이 올라가고 전교생이 우러러보는 것은 도전 의지를 불태우기에 충분했다.

그렇게 열심히 공부하던 내가 공부에 흥미를 잃은 것은 고등학교 2학년 때부터다. 이과반으로 잘못 간 것이다. 1학년 때 적성검사를 했는데 문과와 이과의 차이가 거의 없었다. 꿈이나 적성과는 상관없이 공부 잘하는 학생은 이과반으로 가는 분위기에 휩쓸렸다. 왜 그랬을까? 돌아보니 아쉽고 속상하다. 잘못된 선택이었다. 담임선생님이 "너는 성적이 좋으니까 이과반으로 가는 게 좋겠다"라고 말했다. 나의 노력과 실력을 인정받는 듯해서 주저 없이 이과반으로 갔다. 막상 이과반에 가니 수학이 어려워서 손대지 못하는 문제가 많았다. 공부할 자신이 없어졌다. 시간이 흐를수록 선생님을 원망했다.

공부가 좋고 재미있어서 죽어라 공부에 열을 올렸던 내가 변하기 시작했다. 수업 중에 딴짓을 해보니 처음에는 겁이 났지만, 점점 배짱이 생겼다. 하지 말라는 짓 하는 게 얼마나 짜릿한지 알게 되었다. 선생님 눈을 피해 친구랑 쪽지 주고받기, 필기 대신 엉뚱한 낙서하기, 다른 애들 쳐다보기, 멍때리기, 운동장 바라보기 등으로 공부와 담을 쌓으며 멀어졌다. 급기야는 야간 자율학습까지 빼먹었다. 미성년자 관람 불가인 영화 보기까지 도전했다. 깊은 밤 깊은 곳이라는 영화였다. 우리 학교의 상징인 파란 천 책가방을 들고, 교복까지 버젓이 입고 겁 없이 극장에 간 것이다. 학생부 선생님께 걸릴 거라고는 꿈에도 생각하지 못했다. 내 마음대로 하는 게 좋았다. 사춘기 절정이었다. 다음 날 교무실로 불려가서 학생부 선생님과 담임선생님의 일장 연설을 들으며 야단맞았다. 고개는 숙이고 있었지만, 속으로는 잘못이라고 인정하지 않았다. 벌로 청소하고 반성문을 쓰는 일도 오히려 재미있었다. 교실에서 머리 박고 공부만 하는 것보다 훨씬 좋았다. 창피한 줄도 몰랐다. 명예의 전당에 이름을 올리는 것 따위는 관심 밖이었다. 그렇게 고2와 고3 시절을 공부와는 담을 쌓고 엉뚱한 짓을 하면서 시간을 허비했다. 이과반에서 배우는 과목들은 집중이 안 되고 만사가 귀찮았다.

학력고사를 3개월 앞둔 고3 가을날에 정신이 번쩍 들었다. 공부는 포기했지만 내 인생까지 포기할 수는 없었다. 이렇게 살다가 인생 낙오자가 되는 건 아닌가 불안했다. 늦었지만 책과 씨름했다. 예전에 혼자서 빈 교실에서 열심히 공부하던 시간이 떠올라 할 수 있다고 외치며 집중했다. 벼락치기였지만 다행히 학력고사 점수는 그럭저럭 나왔다. 학비 부담이 적은 국립대학교 사범대학으로 진학했다.

대학 가서도 방황은 멈추지 않고 오히려 더 심해졌다. 왜 공부해야 하는지, 왜 교사가 돼야 하는지 도무지 마음을 잡을 수가 없었다. 대학생이 되니 고등학교 때처럼 일일이 간섭받지 않아도 되고 내 생활은 점점 구렁텅이로 빠져들고 있었다. 급기야는 대학교 첫 학기에 F 학점이 나오고 학사경고를 받았다. 방황의 대가는 혹독했다. 부모님이 보시기 전에 성적표를 빼돌렸다. 이대로 계속 헤매며 살 것인지, 다르게 살아야 할지를 결정해야 했다. 계속 방황의 시간을 보냈더라면 어땠을까? 상상하기조차 싫다.

고2 때 시작된 방황으로 힘든 시간을 겪으면서 깨달았다. 자신이 '하고 싶은' 공부를 찾아야 한다는 것이다. 나는 국어 공부가 좋았다. 책을 읽고 글을 쓰는 국어 시간이 행복했다. 문과 반으로 갔어야 했다. 진로 과목이 교육과정으로 들어오면서 학생들은 자기 이해를 높이고 자신에 대해 탐색한다. 내가 학교 다닐 때는 꿈도 못 꾸었던 일이다. 자신이 좋아하는 일, 하고 싶은 일, 잘하는 일을 탐색하는 일이 얼마나 중요한 일인지 나는 뼈저리게 느꼈다. 교사가 되어 학생들을 지도할 때 나의 힘든 방황의 시간은 보약이었다. 아이들이 왜 공부해야 하는지, 자신이 잘하는 것이 무엇인지 찾는 모습을 보면 반가웠다. 방황하며 힘든 시간을 보내는 아이들을 만나면 삶의 방향을 찾아가도록 돕는다. 방황하는 시간이 힘들기는 하지만 곧 방향을 찾는 나침판이 되기도 한다는 것을 알게 되었다. 갈팡질팡하는 아이들에게 힘이 되는 교사가 되고 싶었다. 내가 아프게 겪었던 방황과 시행착오를 아이들은 겪지 않기를 바란다.

방황의 시간은 나를 성장시켜 주었다. 덕분에 이 길을 천직으로 알고 걸어왔다. 아이들의 성장을 도왔던 시간이 꿈만 같다. 방황이 꼭 나쁘지만은 않다. 방황했던 만큼 삶의 방향은 제대로 찾을 수 있었다고 확신한다.

정년퇴직과 명예퇴직의 사이에서

갈대처럼 흔들린다. 1년 남짓한 시간을 남겨두고 오늘도 흔들렸다. 과연 내가 끝까지 갈 수 있을까, 하루는 '끝까지 가야 해! 여기까지 왔잖아' 했다가 또 하루는 '그만 쉬고 싶다. 당장이라도 나가고 싶다. 굳이 끝까지 가야 하나' 하는 두 마음이 오락가락한다. 그러다가 결국은 마음을 접는다. 현실이 버티고 있기 때문이다. 성실하지만 현실경제와 연결 짓지 못하는 남편, 아직 자리를 잡지 못해 취준생으로 애쓰고 있는 둘째도 눈에 밟힌다. 갈등은 갈등일 뿐. 혼잣말에 불과한 투정이라는 것을 나는 안다.

며칠 전, 동료 선생님이 휴직한 상태에서 결국 명예퇴직 서류를 제출했다. 이럴 때는 어김없이 '좋겠다, 부럽다' 라는 말이 나도 모르게 흘러나온다. 자신의 의지로 학교를 그만둘 수 있는 명예퇴직은 오래전부터 시작된 일이다. 명예퇴직(名譽退職, voluntary resignation)은 정년이나 징계에 의하지 않고, 근로자가 스스로 신청하여 직장을 그만두는 일이다. 조기퇴직, 희망퇴직이라고도 한다. 퇴직수당도 있다. 50대에 들어서면 평교사들은 떠날 채비를 한다. 중반에 이르면 가을날 낙엽처럼 훌훌 떠나간다. 나를 비롯하여 남아있는 몇몇은 마지막 잎새 같다. 내 친구들 역시 이미 학교를 떠나고 관리자만 남았다. 평교사로 정년퇴직의 시간까지 걷는다는 것이 쉽지 않은 일이 되고 있다. 지금 우리 학교에서도 평교사로는 나이가 제일 많아 부담이다. 드러내놓고 뭐라고 하지는 않지만, 경력이 많은 게 눈치 보인다. 주위 사람들에게 민폐가 될까 봐 노심초사하는 내 모습을 보면 속상하고 안쓰럽다. 오랜 시간 아이들 곁에서 생활했다는 것이 퇴물 취급을 받는다는 생각에 씁쓸하다.

컴퓨터가 학교에 들어오기 전에는 선배 교사들의 다양한 경험이 중요한 지침이 되었다. 후배들은 선배의 경험과 사례를 귀

담아듣고 하나라도 더 배우려고 했다. 하지만 컴퓨터가 교무실로 들어오고, 교실에도 선진화 기자재로 교체되면서 선배와 후배의 역할이 바뀌었다. 젊은 교사들은 무엇이든 척척 한다. 배우고 배워도 낯설기만 한 디지털 세상이 펼쳐지면서 역전이 일어났다. '옛날에는 말이야…….' 하다가는 라떼 취급받으며 밀려나는 현실이다. NEIS가 들어오기 전에는 장판지(학생생활기록부를 전지 한 장 크기에 모두 적는 용지를 일컬음) 한 장에 생활기록부를 완성했다. 후배 교사들은 믿지 않는 표정이다. '니들이 게 맛을 알아?' 라는 광고 문구가 생각나는 순간이다.

30년 전 제자인 영주와 윤진이는 장판지 시절을 알고 있다. 나보다 더 정확하게 교정을 봐주었다. 틀린 부분을 칼같이 찾아내서 도움을 주었던 제자들이다. 다른 반 선생님들도 두 아이의 탁월함을 인정하여 장판지 외에도 출석부나 학급 서류의 잘못된 부분을 찾아달라고 부탁하곤 했다. 전지 크기의 두툼한 종이 한 장에는 교사와 아이들이 함께 생활한 1년이 고스란히 담겼다. 볼펜으로 적다가 잘못되면 두 줄을 긋고 콩 도장을 찍었다. 빨간 도장이 많아지면 딸기밭이라고 불렀다. 도장 찍기 애매하게 한 글자 정도 틀린 부분은 칼로 살살 긁기도 했다. 불빛에 비춰보면 긁은 부분은 종이가 얇아져서 표시가 난다. 그 부분을 찾는 것 또한 보물찾기 같은 소소한 재미였다.

컴퓨터 없으면 일을 할 수가 없는 요즈음, 종일 컴퓨터 자판을 두드리다 보면 가끔 장판지가 생각난다. 아이들과 관련된 모든 자료는 교무수첩에 기록하고 학년말에는 장판지 한 장으로 끝을 내던 시절. 이제는 아이들의 학교생활은 모두 전산으로 기록되기에 손글씨는 사라졌다. 격세지감이다. 그러니 옛날 그 시절 이야기를 하면 그야말로 퇴물이 된다. 그래도 나는 그때를 생각하면 마음이 푸근해진다. 헉헉거리며 일에 시달리다가도 틀린 부분에 빨간 콩 도장을 찍으며 숨을 돌리던 그 시절이 떠오른다. 잠시 먼 산을 바라보며 여유를 찾는다.

장판지라는 단어는 사라지고 추억이 되었지만, 그 시절을 아는 제자들과 같은 교직의 길을 걸어가고 있어 행복하다. 장학사와 평교사로 각자의 일터에서 사는 제자들에게 행복하게 퇴직하는 나의 모습을 보여주고 싶다. 장판지 한 장으로 1년을 마무리하던 때나 NEIS로 마감하는 지금이나 변함없는 건 나는 아이들 곁에 있다는 사실이다.

오랜 시간 아이들 곁에 있었지만 날마다 부족하다고 느낀다. 무슨 일이든 10년 정도면 어느 정도 경지에 이르러야 한다고 믿는다. 긴 세월의 경험이 도움이 되기도 하지만 아이들 생활 지도는 여전히 쉽지 않다. 특히 올해 아이들은 아무리 열심히 지도해도 제자리걸음이라 속이 터질 지경이다. 2년간의 코로나로 인해 학교에 오지 않는 날들이 많다 보니 기본 생활 습관이 무너진 부분도 있을 터다.

조회 시간마다 녹음기를 틀어 놓은 듯 반복한다. 교과서와 공책 챙기기, 필기도구 갖추기, 교복 제대로 갖추어 입기, 이름표 목에 걸기, 실내화와 운동화 구별하기 신기, 복도에서 뛰지 않기, 이동 수업 때 교실 문단속하기, 급식 시간에 순서대로 줄 서고 질서 지키기, 수업 시간에 대답 잘하고 선생님이랑 눈 맞추기, 친구가 싫어하는 행동 하지 않기, 장난치지 않기 등 뻔한 이야기들을 여러 가지 버전으로 얘기한다. 당연히 지켜야 할 일들을 되풀이해서 말하다 보니 잔소리가 된다. 몸이 고

달프다. 체력이 따라주지 않는다. 주저앉고 싶을 때가 한두 번이 아니다.

결국, 정년퇴직의 필수 요소는 체력이다. 마음은 충만하지만, 몸이 따라주지 않으면 교육활동이 이루어지기 어렵다. 건강관리가 우선이다. 학교를 떠난 동료들이 뒤늦게 여러 가지 병이 생겼다는 소식을 들으면 가슴이 철렁 내려앉는다. 미처 몸을 돌보지 않고 일만 하다가 휴식과 함께 불쑥 병마를 만나게 되는 경우 안타깝기 그지없다. 지난해, 내 오랜 친구도 명예퇴직과 함께 찾아온 암과 투병하다가 끝내는 먼저 먼 길을 떠났다. 내 몸의 절반이 무너지는듯한 고통스러운 시간이었다. 친구는 명예퇴직 한 학교에 후임 교사가 오지 않아 기간제 교사로 한 학기를 더 근무했다. 기간제 근무가 끝날 무렵 이상증세를 느껴 병원에 갔을 때는 이미 몸 전체에 암세포가 퍼지고 있었다. 몸을 아끼지 않고 일에 집중하다 보면 끝내는 모든 걸 잃게 된다는 뼈아픈 교훈을 얻었다. 그러면서도 막상 눈앞에 업무가 쌓이면 내 몸 상태는 뒷전이 된다는 사실이 슬프다. 나 역시 지난 1월에 방아쇠 수지로 오른손 손가락 세 개를 수술했다. 손가락이 굽혀지지도 펴지지도 않을 때까지 통증을 견디며 일하다가 결국 큰 수술로 이어졌다. 건강으로 인해 정년퇴직하지 못하는 아쉬움이 크다. 하지만 '건강을 잃으면 모든 것을 잃는다' 라는 교훈을 받아들인다.

떠나야 하는 시간이 다가오고 있다. 아이들을 사랑하는 마음 하나로 견디어왔다. 끝맺음이 아름다울 수 있도록 오늘도 밝게 웃으며 아이들을 바라본다.

07

퇴직, 그리고 이어지는 삶

노는 것도 중요하다. 잘 놀고 싶다. 잘 놀기 위해서는 시간, 돈, 건강이 필요하다는데. 정작 나는 시간도 부족하고 돈도 별로 없다. 그나마 아직은 건강한 편이다. 현대를 살아가는 이들 중에 돈과 시간이 충분한 사람이 얼마나 되겠는가. 하지만, 일만 하며 달려왔으니 퇴직 후에는 제대로 나를 가꾸고 싶다. 평소에 하고 싶었던 일들을 하나하나 짚어본다.

첫째, 제주 한달살이
퇴직하고 나면 제주 한달살이로 시작하고 싶다. 퇴직 후 첫 번째 버킷리스트이다. 시간에 쫓겨 감질나게 다녀올 때마다 꿈꾸는 일이다. 동쪽으로 섭지코지, 성산일출봉, 월정리해변, 만

장굴, 김녕미로공원, 함덕 해수욕장, 서우봉 둘레길, 비자림 숲길, 용눈이 오름 등 하루에 한두 곳 정도 여유롭게 다닐 예정이다. 서쪽의 애월 해안도로, 송악산 둘레길, 산방산, 이시돌 목장, 새별오름도 아주 천천히 만나고 싶다. 절물자연휴양림, 사려니숲길, 천지연 폭포, 정방폭포, 주상절리, 쇠소깍도 서두르지 않고 온전히 누리고 싶다. 제주의 섬인 우도, 비양도, 추자도, 가파도, 마라도, 횡간도는 충분한 시간을 가지고 즐기고 싶은 곳이다. 또 빼놓을 수 없는 제주올레길이 있다. 26개 코스를 모두 걸으려면 따로 올레길 한달살이가 필요할 듯하다. 생각만 해도 설렌다.

2019년 6월, 제주 4.3 평화 인권교육 직무연수에 참여했다. 공문을 보다가 연수를 발견하고 혹시나 하고 신청했는데 경력 덕분에 제주 2박 3일 연수 기회가 주어졌다. 마침 6월 7일이 재량 휴업일이라 일주일가량의 시간이 확보되었다. 4.3 평화 연수 못지않게 좋은 건 한라산행이었다. 연수를 마친 다음 날에 한라산에 올라갔다. 9.6km의 긴 성판악 탐방로를 선택했다. 정상까지 가겠다는 생각보다는 '갈 수 있는 만큼만 가자'

하는 마음으로 가볍게 시작했다. 수원에서 제주도로 갈 때만
해도 꼭 가겠다는 마음보다 제주에서 시간이 충분하니까 한라
산에 한번 가볼까? 라는 마음이었다. 그러다 보니 등산복을 제
대로 갖추지 않았고 신발도 등산화 대신 평소 신고 다니던 운
동화였다.

속밭 대피소를 지나 사라오름까지는 무난했다. 진달래밭 대피
소까지도 대부분 숲속이라 삼림욕을 즐기며 걸었다. 마지막
2.3km는 난이도 최상이었다. 돌아갈 수도 없었다. 나처럼 혼
자 오는 사람도 꽤 있었다. 준비 없이 오른 길이다 보니 복장뿐
만 아니라 먹거리도 물과 초콜릿 몇 개가 전부였다. 배가 고팠
다. 한라산행은 김밥이 필수임을 백록담까지 가서야 뒤늦게
알았다. 김밥 먹는 사람을 보면서 얼마나 부러웠는지 모른다.
'김밥 하나만 먹을 수 있으면 얼마나 좋을까?' 간절했다. 이
세상에 김밥 외에는 아무 음식도 없는 것만 같았다.

드디어 2021년 9월, 한라산 등산을 목표로 제주로 떠났다. 추
석 연휴가 길어서 계획할 수 있었다. 무엇보다 김밥을 넉넉하
게 준비했다. 물과 오이, 초콜릿, 사탕까지 충분히 준비했다.
등산화와 등산복, 스틱도 최신형으로 마련했다. 딱 좋았다. 마

침 태풍 찬투가 지나간 뒤라 백록담 물도 만수를 이루고 있었다. 무엇보다 백록담을 바라보며 먹는 김밥 맛이 최고였다. 2019년의 김밥 설움에서 완전히 벗어났다. 제주 한달살이에는 가볼 곳도 많고 누리고 즐길 곳도 많지만, 한라산행 역시 빠질 수가 없다. 아, 생각만 해도 이렇게 기쁘다니. 한라산아, 백록담아 딱 기다려다오!

둘째, 악기 배우기

악기도 배우고 싶다. 친구에게 피아노를 배웠던 대학 시절이 그립다. 딸과 함께 플루트를 배우다가 접었다. 지금은 먼지가 뽀얀 채 내 손길을 기다리고 있다. 기타 학원에 다니며 클래식 기타에 도전하기도 했다. 방학 때면 직무연수로 우쿨렐레도 배웠다. 오카리나 소리가 좋아 악기를 사고 배웠다. 드럼도 엄청 즐겁게 배웠다. 손발이 따로 놀아 애를 먹었지만, 리듬감 있고 신나는 악기다. 사물놀이는 초임 시절인 20대 때 배워서 아이들과 풍물반 운영도 했었다. 이것저것 조금씩 도전만 했을 뿐 제대로 하는 게 없다. 가장 먼저 플루트를 다시 시작하려 한다. 수준급으로 연주하고 싶다. 악기를 멋지게 연주하는 모습을 상상해보니 기분 좋다. 플루트가 어느 정도 되고 나면 기타와 피아노에도 도전할 생각이다. 좋은 날 축하곡 한 곡 정도는 멋들어지게 연주할 수 있으면 얼마나 좋을까!

젊은 날 바쁜 시간을 쪼개어 사물놀이 배우기 잘했다. 퇴직 후 쓰임새가 많지 않을까 싶다. 유치원 아이들에게 우리 악기를 가르칠 수도 있고, 어르신들이 계신 복지관이나 요양원 같은 곳에도 우리 가락을 함께 할 수 있을 듯하다. 나눔과 봉사의 삶이 그리 멀리 있지 않다. 배움이 좋아서 즐겼고 그것을 아이들과 나누기를 좋아했다. 바쁘게 살았지만 돌아보니 숱한 배움으로 인해 꺼내놓을 수 있으니 좋다. 나눌 수 있다니 얼마나 다행인가. 퇴직 이후에도 할 수 있는 것을 생각해 보니 벌써 뿌듯하다.

셋째, 작가로 살아가기

국문학과에 가고 싶었는데 뜻대로 되지 않았다. 과학교육을 전공하고 과학 교사로 살았다. 가슴 속 깊은 소망인 글쓰기, 책 쓰기를 체계적으로 배우고 싶었다. 30대에 접어들면서 방송통신대학 국어국문학과에 들어갔다. 한 학기를 마치고 둘째 아이의 임신으로 휴학한 후 다시 돌아가지 못했다. 글쓰기에 대한 소망은 아이들과 만드는 학급문집으로 드러났다. 국어 교사도 아닌 내가 해마다 문집을 만드는 일은 결코 쉬운 일이 아니었다. 옆에서 지켜보는 동료 교사 중에는 간혹 비웃기도 했지만, 대단하다며 칭찬하는 이도 있었다. 나를 보면서 용기를 얻어 학급문집을 낸 동료 교사들도 있다. 담임으로 사는 동안에 빠짐없이 학급문집을 냈으니 나도 참 어지간히 열심히 살았구나, 싶다.

퇴직 후 작가로 살고 싶은 소망을 품은 덕분에 자이언트 북 컨설팅을 만났다. 매주 수업 때마다 새로운 것을 배운다. 주제와 구성을 시작으로 콘셉트, 다양한 템플릿 등이다. 글쓰기 기초부터 차근차근 배우고 있다. 이은대 작가가 알려주는 내용 일부만 이해하고 따라가고 있지만 시작했다는 것이 중요하다. 37년의 교직 생활을 정리하는 글을 쓰고 있는 지금도 꿈만 같다. 지금 이렇게 쓰고 있으니 나는 이미 작가다. 책이 나오지 않았지만 날마다 쓰고 있으니 작가다. 작가라는 호칭이 자연스러워지고 있다.

제주 한달살이, 악기 배우고 봉사하는 삶, 글 쓰는 작가의 삶, 써놓고 보니 행복하다. 모두 이루어지리라 믿는다. 소소한 일상이 글이 되고, 내가 쓴 글이 곧 내 삶이 되는 순간을 꿈꾼다. "글 쓰는 삶을 응원합니다."라는 이은대 작가의 말에 오늘도 힘이 솟는다.

어느새 여기까지

1986년 3월에 시작한 교사 생활이 어느새 37년이다. 긴 세월이다. 참 빠르게 흘렀다. 쏜살같다. 돌아보니 길고 긴 시간인데 한편 금방 지나가 버린 듯하다. 무슨 일이든 10년 정도 하면 전문가의 경지에 오른다고 한다. 나도 때때로 '1만 시간의 법칙'이라는 용어를 사용한다. 그렇다. 어떤 분야의 전문가가 되려면 최소한 1만 시간 정도의 훈련이 필요하다. 매일 세 시간씩 훈련할 경우는 약 10년, 하루 열 시간씩 투자하면 삼 년이 걸린다. 그런데 무려 37년이다. 강산이 세 번 바뀌고도 남는 시간이고, 전문가가 되고도 남아야 할 시간이다. 하루에 여덟 시간 근무하면서 아이들과 지내는 시간이 대략 여섯 시간 정도다. 그러면 5년 정도면 전문가가 되어야 한다. 하지만 지금까지 늘 허덕이고 있는 건 왜 그럴까. 발령 초기에는 5년 된 선배를 보면 교직 세계의 모든 비밀과 답을 다 알고 있는 것만 같았다. 그래서 우러러 존경했고 나에게도 그런 시간이 올까 하며 아득하게 생각했다.

담임을 맡지 않았던 첫해는 수업을 잘하기 위해 최선을 다했다. 재미있고 즐거운 수업, 살아있는 수업을 위해 모든 시간을 집중했다. 아직도 생생하게 생각나는 일은 개구리 해부다. 지금은 아예 없어져 버린 실험 단원이다. 개구리 해부를 위해 점심시간에 아이들과 학교 근처 논에 가서 개구리를 직접 잡았다. 시골이었고 학교 주변이 온통 들판이라 가능했다. 살아서 펄떡거리는 개구리들을 큰 수조에 넣고 클로로포름을 사용해서 마취한 후 해부했다. 그러다가 마지막 반을 실험할 때쯤에는 마취약 없이 뒤통수를 쳐서 기절시킨 개구리를 해부하기도 했다. 발암성이 의심되어 지금은 사용이 금지된 약품이다. 나름 환경을 생각했다. 해부 접시 위에 개구리 사지를 핀으로 고정한 다음 해부하여 내장을 살펴보면 조금 전까지 살아있던 개구리들의 심장이 뛰고 있었다. 위를 절개하면 먹었던 파리가 살아서 날아가기도 했다. 그때마다 아이들은 "꺄아악~, 살아있어, 움직여~ 이거 좀 봐"하면서 비명을 질러대면서도 해부에 집중했다. 그렇게 오장육부의 내부구조를 익히고 공부한 다음 학교 화단 양지바른 곳에 아이들이 직접 땅을 파고 묻어 주었다. "개구리들아, 해부하게 해줘서 고마워, 잘 가" 작별 인사를 하기도 했다. 개구리 해부는 생명윤리 교육에 맞지 않는다는 이유로 교육과정에 삭제되었다. 동물과 생명에 대한 감수성으로 인해 전면 금지되었지만, 나에겐 37년 전의 아련한 추억이자 생생한 수업 현장이었다.

또 잎눈이나 꽃눈, 잎의 구조 등을 배울 때는 학교 화단 곳곳으로 다니며 직접 관찰했다. 생생한 공부가 되게 하려고 애썼다. "이게 꽃눈인가 봐, 통통해" "이건 길쭉하네, 그럼 이건 잎이 되는 건가요?" 아이들은 스스로 공부하는 모습이었다. 즐겁고 행복한 수업 시간을 위해 연구하고 방법을 찾았다. 그러한 노력이 학생이 주도하고 주인공이 되는 거꾸로 수업까지 이르렀다. 코로나로 인해 모둠 수업 금지로 인해 그조차 못하고 있어 최근에는 수업 시간이 답답하다.

담임을 맡으면 내가 만난 우리 반 아이들이 내 자식 같았다. 그 마음이 지금까지 한 번도 변함없다는 것이 신기하고 놀랍다. 아무리 생각해도 내 의지라기보다는 누군가 나의 DNA에 태초부터 심어준 것 같다. 한 명의 아이라도 포기하지 않고 끝까지 붙들고 있었다. 2012년, 태수가 졸업을 한 건 기적이라고 해야 한다. 녀석은 어쩌다가 학교에 나왔다. 결석이 기본이었다. 학년을 올라갈 때마다 출석 일수가 부족해서 유급 직전이었고 3학년 되어서도 별다르지 않았다. 고등학교는 언감생심, 중학교 졸업도 꿈같은 이야기였다. 아이가 잘되기를 바라는 내 마음을 전했다. 태수도 진심으로 잘 살고 싶어 했다. 누구 하나 올바르게 잡아주고 지도하고 야단치는 어른이 없었다. 이후부터 아이 집 가정방문은 나의 일상이었다. 밤새워 아르바이트하고 학교와야 할 시간에는 잠이 드는 것이다. 나는 아이를 등교시키기 위해 할 수 있는 방법을 다 동원했다. 깨워서 학교에 챙겨 보낼 사람이 없었기에 내가 집으로 찾아갔다. 그때마다 아이는 짜증 섞인 말투로 "그냥 두시라고요. 제 인생 제가 알아서 한다고요!"라며 나의 지도를 달가워하지 않았다. 하지만 내 사전에 포기란 없었다. 특히 아이들 교육에 있어서 만큼은 말이다. 극성 담임이 날마다 집으로 가서 깨웠더니 억지로라도 학교에 나오기 시작했다. 하루 이틀 시간이 흐르면서 나의 진심이 느껴졌는지 어느 날부터는 고분고분해졌다. 늦더라도 일단 스스로 학교에 왔다. 등교와 함께 바로 책상 위에 엎드려서 잠을 잤다. 결국 집에서 잘 것을 학교에 와서 자는 셈이었다. 그래도 매일 학교에 나오는 녀석이 기특했다. 그런 날이 이어지다가 어느 날 일찍 등교했다. 그날 나는 기분 좋아서 우리 반 아이들 모두에게 짜장면을 사주었다. 학교에서 먹는 짜장면, 어떤 맛에 비할 수 있으랴. 태수 덕분에 짜장면을 먹은 아이들은 "태수야, 고맙다. 세상에서 제일 맛있는 짜장면이야~"라며 고마워했고 더 따뜻한 관심을 주기 시작했다. 그날 이후부터 지각하지 않는 아이가 되었다. 어쩌다가 지각하면 운동장 돌기에 기꺼이 참여했다. 그전까지 아이는 모든 규칙으로부터 예외였는데 스스로 우리 반규칙 속으로 들어왔다. 태수는 무사히 졸업했고 특성화 고등학교로 진학했다.

사범대학을 졸업하고 국가에서 발령을 내주어 시작한 교사 생활이었다. 딱히 큰 그림은 없었고 경제활동을 시작한다는 의미가 컸다. 발령을 기다리고 있는 동안 결혼했다. 집은 고사하고 방 한 칸, 아니 숟가락 하나 없이 시작한 결혼생활이었다. 남편은 아주버님 댁에 얹혀살고 나는 나대로 첫 발령지인 통영에서의 생활이었다. 어떤 교사가 되겠다는 야무진 철학이나 사명감은 없었다. 다만, 그때나 지금에나 변함없는 것 하나는 아이들과 함께 있으면 그냥 좋다는 사실이다. 그것이 지금 여기까지 온 원동력이다.

교과 교사로서 수업도, 담임으로서 생활지도도 핵심은 아이들이다. 그 아이들이 좋아서 걸어온 시간이다. 전문가가 아니어도 좋다. 누군가 내게 교육전문가냐고 묻는다면 감히 그렇다고 대답할 자신은 없다. 1+1=2처럼 공식으로 정해질 수 없는 아이들과의 관계에는 관심과 사랑만이 있을 뿐이다. 아이들마다 대해야 하는 방식이 다르다. 한 아이에게 통했던 방법이 다른 아이에게는 전혀 통하지 않을 때가 많다. 힘든 아이들은 위로하고 손잡아 주어야 한다. 잘 걷고 있는 아이는 씩씩하게 걷거나 뛰게 해야 한다. 뛰고 있는 아이는 날 수 있게 해야 한다. 나는 그 아이들 각자에게 맞는 방법으로 지도하기 위해 아이들 한가운데에 머물렀다. 어떻게 지도해야 하는지 아이들 속에서 답을 찾았다. 그 아이에게 딱 맞는 지도법은 아이들 속에 있었다. 거의 매일 점심시간과 쉬는 시간에도 교실 속 아이들에게 파묻혀 있는 까닭이기도 하다.

처음에는 스스로 학급경영의 달인이라고 이야기했다. 이제는 동료 교사들이 인정한다. 전국의 여러 학교에 가서 '행복한 교실 가꾸기' 라는 제목으로 나의 경험을 나누고 있다. 나의 학급 경영 비법을 묻는다. 특별한 방법이 따로 있겠는가, 오직 아이들을 향한 관심과 사랑이 전부다.

Part _03

〈제 3 장〉
제자들의 거울이 된 행복한 교사

통영, 바닷가 소년 효준이

"선생님, 접니다. 지금 어디세요?"
"효준아, 오랜만이야. 나 지금 진주 와 있어. 잘 지내니?"

　　지난해 가을, 친정 단감농장 수확 때문에 마침 진주에 있을 때다. 전화 끊자마자 곧바로 효준이는 둘째 한결이, 막내 이루리와 함께 진해에서 진주까지 단숨에 달려왔다. 1986년에 만난 효준이는 늘 애틋하고 고맙고 자랑스러운 제자다. 퇴직을 앞두고 제자들과의 추억이 점점 더 또렷해진다. 교사로서의 삶에 활력을 가져다준 멋진 제자들과의 소통이 지금을 다시 살게 한다.

어느 날, 효준이가 내게 보낸 글이다.

나와 선생님의 인연은 지금으로부터 약 37년 전인 1986년이다. 전국은 건국 이래 최대의 국제대회인 88 서울 올림픽의 예행연습이나 다름없는 서울 아시안게임을 준비하느라 분주했던 바로 그 해였다. 초등학교를 졸업하고 새로운 환경에서 낯선 친구들과 만났다. 초등학교와는 다른 여러 과목 때문에 수업에 대한 설렘보다는 긴장과 두려움이 컸다. 나는 공부뿐 아니라 모든 면에서 소극적이었다. 그리고 한창 사춘기를 겪고 있었다. 나의 사춘기는 어려웠던 가정 형편과 아버지에 대한 불만으로 초등학교 5학년 때부터 시작되었다. 초등 때는 그나마 수업 시간만 집중하면 그런대로 성적이 나왔고, 제법 공부를 잘하는 편에 속했다. 그러나 중학교에 가니 수업방식에 적응이 잘 안됐고, 수업 시간에도 잡념 때문에 집중이 되지 않았다. 그 결과 첫 시험 성적은 겨우 중상 정도여서 적잖은 충격과 혼란에 빠져 있었다. 모두 핑계에 불과하지만 어렵고 불안한 가정 형편으로 인해 도저히 공부에 전념할 수가 없었다.

우리 집은 부모님과 나, 누나 둘, 여동생 둘, 이렇게 일곱 식구가 한집에 살았다. 아버지의 사업이 여러 번 실패하면서 가족들은 월세를 전전하며 살았다. 자그마한 두 칸짜리 월세방에서 누나 둘과 나는 작은 방에, 부모님과 여동생 둘은 그나마 조금 큰방에서 생활했다. 내가 쓰는 작은방은 셋이 반듯하게 누울 수도 없었다. 셋 중 하나는 거꾸로 누워야 했을 정도로 비좁은 공간이었다. 책상은 아예 기대조차 할 수 없었다. 이렇게 나의 어두웠던 가정사는 바로 선생님과의 오랜 인연의 고리가 되었다.

나의 담임선생님은 아니셨다. 나의 중학교 첫 담임선생님은 남자 과학 선생님이셨고, 선생님과 같은 과학실을 사용하고 계셨다. 마침 나는 과학실 청소였다. 수업 끝나고 과학실 청소를 하고 나면 우리를 한 줄로 세웠다. 재미있는 이야기도 하시고 맛난 사탕과 과자를 나눠 주시는 다정한 분이셨다.

그러던 어느 날, 선생님께서 수줍음 많고 말수가 적었던 나의 상황을 감지하셨는지 과학실 옆 작은 교실로 부르셨다. 집안 사정이며 가족관계 등을 물어보셨다. 힘든 집안 사정과 집에서 원만하게 공부할 분위기가 안 되는 것에 대해 많이 안타까워하셨다. "효준아, 어려운 상황에서 공부하기 쉽지 않지? 그래도 열심히 하려고 노력하는 모습이 기특하구나. 큰 어려움이 있어도 열심히 노력해서 성공한 사람들이 많단다. 선생님이 도와줄 테니 힘내서 공부하고 생활하면 좋겠구나"라고 하면서 두 손을 꼭 잡아주셨다. 그 후에도 용기를 낼 수 있도록 힘이 되는 말씀들을 자주 해 주셨다. 문제집도 주시고 맛있는 것도 종종 챙겨주셨던 일이 기억에 진하게 남아있다.

선생님의 말씀과 진정 어린 공감은 적응하기 어려웠던 나의 중학교 생활에 힘이 되었다. 또 복잡했던 사춘기 시절에 적지 않은 안정감을 주었다. 한해가 그렇게 지났다. 다음 해에 선생님이 학기 중에 다른 지역으로 전근 가셨다는 소식을 들었다. 당시에는 단지 아쉬운 마음만 있었다. 시간이 흘러 성인이 될수록 선생님을 찾아서 그때의 감사한 마음을 전하고 싶다는 생각이 간절해졌다. 그 무렵, 아이러브스쿨이라는 사이트를 통해서 선생님을 찾는다는 글을 올렸으나 뜻대로 되질 않았다. 이후에 싸이월드가 한창일 때 이곳을 통해 시도했으나 이마저도 제대로 되질 않아 거의 포기하고 있었다. 싸이월드가 시들해질 즈음 일말의 기대감으로 혹시라도 한 번만 더 시도해보자 하는 생각이 들었다. 누구라도 한번 들으면 잊을 수 없는 선생님의 성함으로 검색해 보았더니 정말 기적적으로 우승자 선생님 이

름이 나왔다. 아쉽게도 인물사진은 볼 수 없었다. 학교를 배경
으로 찍은 사진을 참고로 근무하고 계신 곳을 알 수 있었다. 그
즈음 가족여행을 겸해서 상경하면서 계신 학교로 찾아갔다. 말
그대로 강산이 세 번이나 변한다고 할 정도의 시간이 지난 후
선생님을 뵙는 것이어서 망설이기도 했었다.

찾아간 학교 교무실을 통해서 선생님이 계신 연구실을 안내받
고 입구에서 선생님을 뵈었다. 멀고 먼 길을 돌아오긴 했지만
한눈에 선생님을 알아볼 수 있었다. 흘러간 30여 년의 시간은
굳이 맞춰볼 필요가 없었다. 내 입에서 나온 "선생님! 통영중학
교…"라는 몇 마디에 선생님의 표정에서 깊은 감정을 느낄 수
있었다. 그렇지 않아도 눈물이 많은 나는 잠시 만감이 교차하
면서 말을 잇기가 쉽지 않았다. 너무도 오랜 시간을 돌아와서
인지 선생님께서는 그때의 나를 단번에 기억하지 못하셨다. 하
지만 하나씩 기억의 퍼즐을 맞추시던 선생님께서도 감정이 깊
어지시는 것이 느껴졌다. 나와는 30여 년 전 잠깐 머물러서 얼
굴만 익혔던 제자였다. 혹시라도 나를 몰라볼까 걱정도 했다.
그런데도 나를 기억하고 계셔서 놀랐다. 그날 이후부터 선생님
과 계속 연락을 주고받으며 지내고 있다. 내가 뵌 선생님은 나

의 학정 시절 동안에 한 번도 뵌 적 없는 유일무이한 분이다. 대단한 열정으로 제자들을 사랑하고 아끼는 분이란 걸 점점 더 알아가고 있다. 오랜 시간의 그리움을 포기하지 않고 끝끝내 선생님을 찾아서 만나 뵌 것이 내 인생에서 정말 잘한 일 중의 하나라는 것은 틀림없는 사실이다. 감사합니다. 선생님

1986.3.1.부터 1987.8.31.까지 1년 6개월을 통영중학교에서 근무했다. 효준이는 첫 학교에서 만난 아이다. 세 아이의 아빠가 된 제자도 나에겐 여전히 열네 살의 꼬맹이로 보인다. 담임도 아니었고, 과학 수업을 한 것도 아니었다. 과학실에 청소하러 온 학생으로 만났을 뿐이다. 햇병아리 초임 교사가 뭘 알았을까. 아이들 좋아하는 마음 하나로 교단에 선 나였기에 아마도 효준이가 눈에 들어왔을 것이다. 내가 해줄 수 있었던 건 겨우 손잡아 주고, 격려하고 아이의 말을 들어준 것이 전부였다. 그런데, 나를 그토록 찾았다는 것에 놀라움을 넘어 폭풍 감동이었다. 아이들은 교사의 작은 친절과 관심으로 자라는 것임이 분명하다.

2014년 4월 24일 목요일 오후! 내 인생에 잊을 수 없는 날. 효준이가 아내랑 세 자녀와 함께 내가 근무하고 있는 수일여중으로 찾아왔다. 믿을 수 없었던 그날이 다시 떠오른다. 보고 있어도 믿기지 않아 "어머 어머… 어머나, 어머나…" 하며 너무 놀라 입이 다물어지지 않았다. 그렇게 한참 동안 효준이를 바라보았다. 정신을 차리고 기억을 더듬었다. 과학실에서 만났던 열네 살 꼬마가 기억의 수면 위로 올라왔다. 그 짧은 만남을 30년 넘게 간직하고 있다는 것도 놀랍고, 끝내 찾아온 것도 감동이었다. 그날 이후 나는 더 행복한 교사로 살게 되었다. 효준이 덕분에 나의 진심이 아이들의 가슴에 닿을 수 있다는 확신이 생겼다.

그 후로 우리의 만남은 계속 이어졌다. 큰아들 강휘 결혼식에도 진해에서 수원까지 온 식구가 찾아와서 감동을 주었다. 지금 효준이는 진해에서 찰보리빵 가게를 한다. 가게가 잘 되기를 바라는 마음 간절하다. 그 후 나도 시간을 내어 진해에 몇 차례 다녀왔다. 어질고 고운 아내, 대학생이 된 맏이 한결이, 곧 고3이 되는 야구장이 민서, 사랑스러운 늦둥이 막내 이루리와 만났다.

성실한 소시민으로 살아가는 효준이가 나의 첫 제자여서 좋
다. 통영, 그 바닷가의 열네 살 소년 효준이가 있으니 행복한
교사임이 분명하다.

효준이에게 내밀었던 그 손길을 기억하며 오늘은 또 다른 효
준이를 향한다.

든든한 동료 교사가 되다

교직 4년 차 1989년. 용인 여중에서 3학년 담임을 맡았다. 그해 영주와 윤진이를 만났다. 영주는 초등학교 교사로, 윤진이는 교육지원청에서 장학사로 근무하고 있다. 영주는 두 아이의 엄마가 되었고, 윤진이는 결혼보다 일을 택했다. 같이 나이 들어가고 있지만 내 마음속에는 아직도 열여섯 살의 소녀들이다. 교사로서 자긍심을 가득 채울 수 있었던 두 소녀의 편지를 펼쳐본다.

영주의 편지

1989년이 언제인가 생각해 보니 33년 전이네요. 중3 때 선생님 만난다고 하면 다들 "아직도 연락해?"라고 할 만한 세월이네요. 오랜 기억들이 좋을 때도 부끄러울 때도 지워버리고 싶을 때도 있지만 그래도 학창 시절 기억은 좋고 행복해요. 벌써 제 나이 40대 후반. 30년 전의 학창 시절이지만 선명하게 떠오르는 추억이 있어 좋아요. 중3 때는 제가 사춘기가 지나서 마음의 평화를 찾았고, 선생님들 사랑과 인정을 받았기 때문에 더 잘 지낼 수 있었어요. 그때 기억 중에 윤진이와 같이 선생님들 책상에 올려둘 꽃을 사러 시장에 종종 갔었는데요. 새로운 꽃을 꽂아두면 선생님들이 "예쁘다, 영주랑 윤진이 덕분에 기분이 좋아지네~"라고 칭찬해 주시는 것이 좋았어요. 그리고 용인에서 수원까지 지금 생각해 보면 제법 먼 거리인데도 선생님 댁에 자주 놀러 갔던 기억들. 세 살이었던 선생님 아들 강휘가 붕붕카를 타고 근처 놀이터에서 놀았던 기억들. 라면 끓여주시던 기억들. 학급문집 "세네동" 만드느라 여러 번 레이아웃을 고쳐가며 완성도를 높이기 위해 애썼던 일들이 생각나네요.

무엇보다도 기억에 강하게 남아있는 선생님 모습은 수업 시간과 조종례 시간마다 흘러넘치는 그 '에너지!' 랍니다. 막대기 하나 들고 열강을 토해내시던 모습. 중간고사와 기말고사 기간에 공부시키려고 깜지를 쓰게 했던 일. 인간이 먼저 되라고 강조 또 강조하셨던 말씀들이 생생합니다. 지금 생각해 보니 그때가 선생님 20대 후반이었어요. 열정이 마구마구 뿜어져 나왔었지요. 집 집마다 가정방문도 다니셨고요. 수해 입은 학생 도와주시려고 애쓰시고 안타까워하시던 모습이 눈에 선합니다.

그중에서도 가장 기억에 남는 일은 저랑 윤진이만의 추억으로 선생님을 독차지했던 날이지요. 고등학교 입학시험 날이었어요. 어둑해지는 저녁 시간에 시험을 마친 저희를 데리고 영화관에 데리고 가주셨죠. 〈사랑과 영혼〉을 함께 보았던 그날은 평생 잊지 못할 거예요. 주인공 몰리와 샘, 도자기를 빚는 장면, 우피 골드버그의 명연기 등이 가끔 생각난답니다. 선생님께 받기만 하다가 대학생이 되어 드디어 보답 할 수 있는 기회가 왔지요. 강휘를 경복궁으로 데려가서 현장 체험학습을 했던 일입니다. 보람 있고 좋았습니다. 저희도 다 큰 어른이 된 기분이었어요. 그 시절에 좋은 담임선생님을 만나 친구들과 공부하고 다양한 활동을 하면서 학교 다녔던 것이 큰 행운이고 행복이었습니다. 선생님 고맙습니다. 사랑합니다.

윤진이 편지

만남. 이것의 사전적 의미는 '만나는 일' 이다. 만나는 일은 정말로 중요하다. 태어나 가족을 만나고, 학교 다니면서 선생님과 친구를 만나고, 직장에서 상사와 동료를 만난다. 필연적으로 만나는 사람들이 있고, 세월이 지나면 모두 선택적 만남만 남는다. 가족도 어느 시기부터 선택적 만남으로 변한다. 이러한 선택적 만남에 정신적 풍요와 빈곤이 교차한다. 만남에는 한 사람의 인생이 담겨있다. 누굴 만나느냐가 중요한 이유는 그 사람의 인생 이야기를 만나는 일이기 때문이다. 좋은 사람과의 만남은 인생의 보석상자를 하나 안겨준다. 살면서 계속 열어보게 된다. 인생의 고비가 올 때 좋은 사람들을 만나게 되면 삶의 활력을 되찾을 수 있다.

중3. 나는 인생의 중요한 가치를 우승자 선생님께 배웠다. 그것은 글쓰기인데, 엽서에 짝꿍 소개하기, 조별로 일기 돌아가며 쓰기, 나의 일과 써보기 등 아주 작은 글쓰기의 시작이었다. 과학을 가르치는 담임선생님께서 시도한 것들이었다. 지금 생각해 보면 나처럼 글에는 전혀 관심이 없었던 학생에게 큰 도전이었다. 내 마음속에 있는 소중하고 원초적이며, 따뜻한 마음을 꺼내 보는 연습을 할 수 있는 귀한 시작이었다. 그 후로 어느 곳에서도 글로 내 마음을 전할 기회는 찾지 못했다.

그때나 지금이나 학생들에게 여러 가지 시도를 꾸준히 해온 우승자 선생님은 내 인생의 첫 번째 보석 상자다. 그것을 밑천으로 나는 점점 멋진 사람이 되어가고 있다. 14년의 교사 생활과 6년 차 장학사로 지내고 있는 나에게 큰 힘이 되어 주셨다.

"내 마음 깊이 살아계시고 제 곁에 계시는 나의 선생님~! 제가 교육자가 될 수 있었던 원동력!
나의 선생님~ 사랑합니다."

영주와 윤진이의 글을 통해 아이들 기억 속에 있는 나를 만난다. 아이들과 하고 싶은 것이 많았다. 무엇이라도 함께 하고 싶었고 도움이 되고 싶었다. 가정방문을 다녔다. 그 누구도 말리지 않았고, 아무도 시키지도 않았다. 그냥 그러고 싶었다. 용인, 그 넓은 동네를 다니고 다녔다. 걷기도 하고 버스도 탔다. 김량장리, 역북리, 고림리, 운학리, 둔전리, 삼계리, 전대리, 이동면 천리, 마평리, 대대리 등 놀랍게도 그 동네들이 생각이 난다. 엄청난 수해를 입은 아이들 집에 갔을 때 흙탕물에 엉겨버린 세간살이와 교과서들을 보면서 주저앉아 울었고, 도움을 주고자 동동거렸다. 영주가 그 모습을 기억하고 있어서 놀랍다. 교사의 크고 작은 행동은 아이들 머릿속에 새겨지는 게 맞나 보다.

스물여덟. 열정으로 가득했고 아이들과 여러 가지 활동들을 했다. 중요하게 생각했던 것이 글쓰기였다. 모둠 일기 쓰기를 기본으로 친구들에게 글쓰기, 편지 쓰기 등을 1년 내내 이어갔다. 그러한 활동의 결과물이 '해오름'이고, 그다음 해에 '세네동'이라는 두 번째 학급문집이 탄생했다. 퇴직을 앞둔 지금까지도 해마다 학급문집은 꾸준히 만들고 있다.

그리고 두 아이는 선생님들 책상 위에 종종 예쁜 꽃을 꽂아두었다. 원래 꽃을 좋아했는데 영주와 윤진이 덕분에 꽃을 더 사랑하게 되었고 꽃이 주는 위로의 힘을 알게 되었다. 그 후 지금까지도 꽃 선물을 하는 것도, 받는 것도 좋아한다. 또 고마운 일은 대학생이 된 후 아들 강휘를 데리고 다니면서 체험학습을 시켜준 일이다. 하고 싶은 것도, 해야 할 것도 많았을 것이

고 공부하느라 바빴을 시간이다. 바쁜 중에도 틈을 내어 방학
이면 놀이터에서 초등학생 꼬마 강휘랑 놀아주었다. 경복궁,
덕수궁 등으로 아이의 눈높이에 맞춰 현장 체험학습도 함께
해주었다. 제자들이 이젠 친구가 되었다. 같은 길을 걸어가는
동료 교사이자 인생의 든든한 지원군이다. 교육에 대해 서로
고민하고 의견을 나눌 뿐 아니라, 가족들의 안부를 물으며 지
낼 수 있으니 얼마나 귀한 인연인가.

윤진이는 중국어 교사를 하다가 장학사가 되어 교육지원청으
로 들어갔다. 그곳의 일이 어떠한지 알고 있다. 쏟아지는 행정
업무와 각종 민원에 시달리면서도 교육 현장을 지원해야 하는
일이 만만찮다. 영민하고 영특한 아이라 힘든 일들을 잘해 내
고 있으니 다행이다. 지난 방학 중에도 만나서 서로의 근황을
나누었다. 일과 삶을 균형 있고 지혜롭게 잘 지내고 있는 모습
이 더없이 든든하고 좋았다. 두 아이의 글을 따라 1989년을 돌
아보면서 그때의 나의 열정을 떠올리니 흐뭇하다. 책을 쓰기
로 한 건 잘한 일이다. 그냥 묻혀서 넘어갔을 이야기들이 되살
아 꿈틀거리니 말이다.

나의 일상, 글쓰기가 책 쓰기로 이어지고 있는 것에 대한 근원
적인 답은 역시 제자들이다.

별을 좋아하는 인희와 나

"인희야, 우리 별 접을까?" 아직도 목소리가 들리는 듯하다. 별
접기를 좋아하는 선생님이랑 자주 별을 접었다. 다정하고 따뜻
한 분이었다. 내게 진짜 스승이었던 단 한 분, 우승자 선생님에
대한 추억은 나의 중학교 시절의 감정과 뒤섞여 마음속 깊은
곳에 간직되어 있다. 그때를 돌아보니 나도 모르게 슬그머니
웃음이 퍼진다. 나는 고등학교에서 수학을 가르친다. 학교에
있으면 '선생님!' 이라는 소리를 셀 수 없이 듣는다. 나를 부르
는 단순한 호칭인 경우가 대부분이다. 가끔 온몸에 전율이 일
어나는 '선생님' 이라는 소리를 들을 때가 있다. 그럴 때는 기
분이 좋고 그 아이의 마음이 어찌나 고맙고 예쁜지 모른다. 아
이들이 진심을 담아 나를 불러 주는 그 소리가 힘이 되어 힘든

교직 생활을 버틸 수 있다.

집 근처에서 초등학교를 졸업하고, 멀리 떨어져 있는 송원 여
중으로 다녔다. 거리만 먼 것이 아니라 친구도 동네도 낯설게
만 느껴지던 중학교 신입생 시절이었다. 긴장하고 또 긴장했던
하루하루였다. 그때 선생님은 나의 긴장을 설렘으로 바꾸어 주
었다. 그동안 내가 만나본 적 없는 분이었다. 낯선 친구와 친해
지는 법을 비롯하여 새로운 학교생활에 적응할 수 있도록 이끌
어 주었다.

먼저 선생님 수업이 좋았다. 내가 들었던 수업방식과는 달랐
다. 과학과 인생이 어우러져 꽉 채워진 수업이었다. 수업할 때
는 집중해서 공부하게 해주었고, 우리가 힘들어하면 같이 노래
를 불렀다. 손글씨로 쓴 노래 가사가 적힌 궤도는 우리 반 친구
모두가 좋아했다. 과학 공부하는 시간도 좋았지만, 상록수, 작
은 연못, 꿈이 더 필요한 세상 등의 노래를 배우고 불렀던 것이
더 좋았다. 그때 불렀던 노래들이 지금까지 기억에 생생하다.
또 과학 시간에는 종종 교실 밖으로 나갔다. 식물에 대해 배울
때는 화단으로 가서 잎과 꽃, 줄기 등을 확인했다. 민들레 뿌리

를 직접 뽑아서 관찰하기도 했다. 원뿌리와 곁뿌리도 눈으로 확인했고, 뿌리가 그렇게 길게 뻗어 있다는 사실을 보고는 놀랐었다. 우리 반에서 가장 긴 뿌리를 뽑아 칭찬받고 기분 좋았던 기억도 떠오른다. 과학실에서 개구리 해부 실험을 하던 날이었다. 나는 개구리를 직접 해부한다는 생각에 잔뜩 설레어 있었는데, 개구리가 불쌍하다며 우는 친구가 있었다. "개구리가 불쌍해? 어떻게 하지?" 하며 그 친구를 달래면서 난감해하던 모습도 떠오른다. 과학 시간은 항상 생동감이 넘쳤다. 하고 싶은 실험도 마음껏 하고 선생님과 가깝게 이야기했다. 우리 반 친구들과 함께 살아 숨 쉬면서 성장했다. 나에게 있어 과학 수업은 기다려지고, 더 열심히 하려고 노력했던 시간이었다. 무엇보다 나는 과학부장을 하면서 선생님과 더 친해지는 기회를 얻었다. 실험보고서를 모아서 가져가면 선생님을 바로 옆에서 만날 수 있어서 좋았다. "인희야 고생하네. 수고했어. 고마워~" 선생님의 말씀 한마디 한마디에 내가 변하고 있었다. 그렇게 나는 선생님의 참 제자가 되었다. 그 후로 선생님의 추천으로 성당에 다니기 시작했고 세례를 받아 지금까지 신앙인으로 살아가고 있다.

선생님에 대한 또 다른 기억이 새록새록 떠오른다. 성큼성큼 걷던 걸음걸이, 따라 하고 싶었던 손 글씨체, 책상 위에 놓인 작은 국화, 종종 켜져 있던 책상 위의 촛불, 우리를 향해 활짝 웃던 모습, 과학부장 잘한다며 칭찬해 주던 일, 선생님 손끝에서 만들어지던 종이별까지. 오늘은 유난히 선생님의 별이 생각난다. 선생님의 손에는 늘 반짝이는 얇고 긴 종이가 있었다. 작고 통통한 예쁜 별을 순식간에 뚝딱뚝딱 만들어 냈다. 접는 방법을 가르쳐 주었지만 내 별은 엉성했다. 예쁜 별은 선생님의 손끝에서 나왔다. 그렇게 만든 별들을 병에 담아서 학생들에게 선물로 주었다. 지금도 내 방 책상 위에는 그때 접어주었던 작고 예쁜 별들이 반짝반짝 빛나고 있다. 이제는 나도 내 제자들에게 예쁜 별을 선물해주는 멋진 스승이 되고 싶다. 오늘따라 나의 친구가 되어 주었던 우승자 선생님이 많이 보고 싶다.

1992년, 송원 여중에서 만난 제자 인희는 고등학교에 근무하고 있는 수학 교사다. 유난히 나를 잘 따르는 옆 반 아이였다. 과학반장을 맡아 만날 기회가 많았다. 3년을 보내면서 친구처럼 가까워진 제자다. 한 학기가 끝나갈 무렵, "인희야, 요즘 어떠니?"라고 물었다. "요새 이런저런 생각이 많아요. 왜 사는지도 잘 모르겠어요." 무심코 물었던 말에 인희의 대답을 듣고 나서 놀랐다. 그날부터 인희와 '공부가 아닌 삶'에 대한 이야기를 나누기 시작했다. 나 역시 그저 열심히 사는 것만이 최고인 줄 알고 살았기에 근사한 말을 해주지는 못했다. 교정을 걸으면서 인희의 고민과 생각들을 그저 들어주기만 했다. 그 후로 인희와 나는 더 가까워졌다. 스승과 제자라기보다 서로의 이야기를 들어주는 좋은 친구가 되었다. 인희 덕분에 타임머신을 타고 30여 년 전의 시간 속으로 돌아가 본다.

그랬다. 나는 별 접기를 즐거워했다. 나의 손끝에서는 날마다 수많은 별들이 만들어졌다. 아이들에게 별 접는 방법을 가르쳐주기도 하고 그 별을 유리병에 담아서 주는 것을 좋아했다. 인희가 그 별을 아직도 가지고 있다는 것이 놀랍다. 내 기억 속에는 까맣게 잊힌 젊은 날들이 인희를 통해 몽글몽글 소환된다. '맞아, 그래, 그랬었지' 하며 입꼬리가 올라간다.

송원 여중은 삼십 대 초반에 근무한 학교다. 사물놀이에 한참 빠져 있을 때였다. 시청 예산으로 악기를 사고 사물놀이반을 운영하고 학교와 학급의 크고 작은 행사 때마다 공연도 했다. 우리 장단과 가락을 가르치고 강강술래를 하며 놀았다. 계절마다 색다른 수업을 시도했다. 봄에는 꽃, 잎, 줄기와 뿌리를 찾아다녔다. 가을에는 낙엽 수업을 하고 나서 운동장 모퉁이에서 모닥불 놀이를 했다. 요즘은 꿈도 못 꿀 일이다. 감성 넘치는 다양한 활동을 가장 많이 한 시기였다. 초보 교사 시절, 뭐든지 가르쳐보려고 끊임없이 연구하고 시도했던 시절이었다. 인희의 기억 덕분에 서투르지만 뭔가 해보려고 애쓰고 노력하던 나를 만났다.

아이들을 수업에 집중시키고 이해를 돕기 위해 방법을 찾고 또 찾았다. 하얀 전지에 매직으로 교과서 그림을 그려 괘도로 만들어서 수업 시간에 활용했다. 컴퓨터가 들어오기 전이라 시청각 자료가 거의 없었기에 온갖 방법을 동원하던 때였다. 수업 시간에 부르는 〈노래 괘도〉와 교과서 그림이 그려진 〈수업 괘도〉 두 가지가 나의 무기였던 시절이다. 수업이 지루해질 무렵에는 노래를 불렀다. '함께 가자 우리 이 길을', '작은 연못', '꿈이 더 필요한 세상', '행복은 성적순이 아니잖아요' 등 아이들과 함께 불렀던 노랫말이 입가에서 맴돈다. 그 노랫말처럼 살고 있을 나의 제자들이 그립다. 각자 삶의 자리에서 최선을 다해 살고 있으리라 믿는다. 길을 걷다 우연히 마주하면 서로 금방 알아보며 그때 그 노래를 함께 부를 수 있을까?

"행복은 그 잘난 성적순이 아니잖아요. 매일같이 공부 또 공부. 지옥 같은 입시전쟁터. 어른들의 그 뻔한 얘기 이젠 정말 싫어요. 행복과 성적이 정비례하면 우리들의 꿈은 반비례잖아요."

목청껏 함께 불렀던 노래가 귓가에 맴돈다. 그 시절에 비하면 다양하게 열린 교육이 시도되고 있지만, 여전히 아이들은 학업 스트레스가 있다. 성적, 시험에 얽매이지 않고 자신이 잘하고 좋아하는 것, 하고 싶은 것을 찾아 여행하는 아이들의 모습을 그려본다.

함께 노래 불렀던, 30여 년 전 우리 반 아이들은 인희처럼 나를 기억하고 있을까? 그 별들은 여전히 반짝이고 있을까?

04
....

가르침의 기쁨을 알게 해준 석이 이야기

1997년, 삼십 대 후반. 석이를 만났다. 이목중은 1995년부터 1998년까지 4년 동안 일했다. 2019년에 돌아와 5년째 근무하고 있다. 퇴직을 준비하는 마지막 학교로 그동안 근무한 어떤 학교보다 의미 있는 곳이다. 우리 반 반장이었던 석이는 큰 키에 깡마른 모습이었다. 유난히 힘들고 지쳐 보였다. 친구들과 어울리며 지내는 중에도 어두운 모습이 보여 마음이 쓰이곤 했다.

예나 지금이나 나는 유난스럽고 욕심 많은 담임이다. 교실 청결과 정리 정돈은 기본이라 생각하기에 철저하다. 교실 벽이 지저분하거나 낙서가 있으면 두고 보지 못했다. 그해는 교실 벽 페인트칠까지 다시 했다. 앞뒤 게시판의 초록색 판넬 마저

교체했다. 우리 교실을 공부하는 분위기로 만들고 싶었다. 환경개선을 위한 나의 온갖 요구에도 석이는 불평 한마디 없이 반장 역할을 잘했다. 뒤에서 딴짓하는 아이들을 다독거리고 챙겼다. 내가 놓치고 있는 부분을 채워주었다.

그렇게 석이는 나와 손발이 척척 맞았다. 우리 반은 52명. 크고 작은 사건 사고가 끝없이 이어졌다. 남학생들만 있는 학교라 치고받고 싸우는 건 기본이었다. 길가에 자전거를 있는 대로 훔쳐서 돈을 받은 녀석, 폭력성이 심해 반 아이들을 괴롭히던 녀석, 하루가 멀다하고 가출을 일삼는 녀석 등 무사히 지나가는 날이 드물었다. 그런 중에도 수학여행, 체육대회 등 행사 때마다 우리 반 단합은 최고였다. 즐거운 학교생활을 이어갔다. 총명하게 아이들을 잘 이끌어 가는 반장 석이 덕분이었다. 개인 상담을 진행하다가 석이의 가정 형편이 어렵다는 것을 알게 되었다. 환경은 열악했지만, 아이의 심장은 뜨겁고 뜨거웠다. 자신을 끝없이 채찍질하면서 날마다 한 걸음씩 성장하는 모습이 대견하고 기특했다. 어느 순간부터 아들처럼 가슴에 품은 아이다. 나는 석이를 무조건 지지해 주었다. 무한한 가능성이 있는 아이임을 알아차렸기 때문이다. 녀석에게 힘든 일은 없는지, 도시락은 잘 싸 오는지, 어느 학원에 다니는지, 일상을 살피고 등을 토닥여주었다. 그러던 중, 전교 1등을 한 성적표가 있으면 학원비를 받지 않는 학원을 알게 되어 아이에게 이야기해주었다. 석이는 너무도 기뻐했다. 처음 봤을 때의 힘겹고 지친 표정은 점점 사라지고 있었다.

3학년이 되면서 전교 회장 선거에 나가서 당당하게 선출되었다. 석이의 성실함과 리더십이 빛나는 시간이었다. 그때 나는 옆 반 담임이었다. 석이의 성장은 멈추지 않았다. 석이는 기숙형 고등학교로 진학했다. 경쟁이 치열한 학교에서 3년 동안 얼마나 열심히 공부하고 노력하는지 지켜보았다. 노력은 헛되지 않았고 성균관대학 정보통신공학부 전자 전기 공학과에 4년 장학생으로 당당히 입학하였다.

만남은 계속 이어졌다. 석이는 생활비를 벌기 위해 아르바이트로 과외를 했다. 나의 지인들 자녀를 소개해 주었다. 우리 큰아이도 가르치도록 하여 생활에 보탬이 되게 했다. 대학을 다니는 동안 쉼 없이 과외와 학원 아르바이트를 해나갔다. 다양하게 경험하며 삶을 꾸려가더니 결국은 개인 학원을 차렸다. 석탑학원. 수학 전문학원이다. 1인 기업가로 우뚝 섰다. 수학학원을 경영하는 원장이 된 것이다. 학원경영을 잘해 학원생 수가 늘어나면서 건물도 점점 커지고 2호점도 만들어갔다. 부모님 집도 사 드렸다. 학원 아르바이트를 하던 시절에 만난 제자와 결혼하여 석이를 꼭 닮은 아들도 낳았다.

2016년 4월 10일. 석이 덕분에 내 생애 처음으로 결혼 주례를 섰다. 처음엔 극구 사양했다. 내가 안 하면 주례 없는 결혼식을 한다고 했다. 갈등과 고민 끝에 예비 아내를 만났다. 특수교사인 보배는 석이를 존중하고 사랑하고 함께 평생을 걸어갈 마음 준비가 되어있었다. 쉽지 않은 길, 사명감으로 아이들을 만나야 하는 그 길을 걷게 된 계기를 들으면서 마음을 굳혔다. 외모에서 풍기는 반듯한 이미지뿐만 아니라 고운 마음에 잔잔한 감동이 밀려왔다. 석이와 보배가 잘 살아가기를 바라는 마음에 기꺼이 승낙했다. 제자 주례를 선다는 것은 그 삶을 전폭적으로 지지한다는 뜻이다. 나에겐 일생일대의 영광스러운 시간이었다. 지혜로운 아내를 만나 아들 낳고 사는 모습이 흐뭇하다.

잊으려고 노력하면서 살아서 그런 것일까? 그 시절이 통째로 날아가 버린 듯하다. 까마득하다. 어려운 상황이었던 중학교 2학년 때, 우승자 선생님을 만난 것은 행운이었다. 끝없는 지지와 위로를 받았다. 선생님이 은퇴하면서 책을 쓴다고 했다. 의미가 매우 큰 걸 알기에 작게나마 그 공간을 채워드리고 싶어서 망설임 없이 글을 써보겠다고 했다. 어제까지 아내와 상의도 해가면서 써보려고 했는데 어렵다. 새삼 글 쓰는 작가들이 대단하게 느껴진다. 선생님을 만났던 중학교 시절, 힘들었던 기간이었다. 집안에서도 밖에서도 좋았던 기억이 없다. 기억하고 싶지 않은 일이 먼저 떠오른다. 글쓰기 어려웠던 이유다. 돌아보니 선생님 덕분에 단단한 마음의 근육이 생겨 잘 버틸 수 있었다.

선생님을 생각하면 그저 좋은 기분, 바른 생각으로 채워진다. 특히 선생님은 우리에게 시간을 아끼고 잘 활용하라고 했다. "5분이라는 시간이 어느 정도일까?" 느껴보라고 했다. 하루가 끝나고 종례 시간에 눈을 감고 5분이라는 시간을 경험했다. 그날 학교에서 있었던 일, 수업 시간에 배운 것들을 돌아보았다. 잘한 것은 무엇인지, 아쉬운 것은 무엇인지를 생각하는 '5분

종례' 가 기억에 남는다. 그 후 5분의 소중함을 알고 시간을 아끼며 살아가는 내가 되었다. 시간을 허투루 보내지 않는 습관은 중2 때 생겼다. 아직도 선생님 표정과 '5분 종례' 가 생생하게 기억난다. 덕분에 시간 관리의 중요성을 알게 되었다.

체육대회 때, 우리 반 단합은 최고였다. 2인 3각, 축구, 줄다리기 등 경기마다 우승하여 종합우승도 우리 반 차지였다. 즐거운 학교생활이었다. 하지만 나도 그랬지만 반 친구들 모두 거칠고 거친 사춘기 절정이라 말썽이 많았다. 선생님은 정말 힘들었을 것 같다. 하지만 한 명도 놓치지 않고 이끌어 주었다. 또 시험 기간이면 공부계획서를 세우게 했다. 제대로 실천하는지 선생님은 아침마다 꼼꼼하게 체크 하였기 때문에 얼렁뚱땅 넘어가는 것은 통하지 않았다. 성적향상을 위해 연습장에 쓰면서 공부하라고 했다. 눈으로만 대충 보고 지나가는 습관을 고치게 되었다. 학년말에는 학급문집을 만들면서 친구들과 작업했던 일은 추억이다. 〈다른 세상은 열리고〉 라는 제목의 그때 우리 반 문집은 보물처럼 간직하고 있다.

선생님 항상 감사하고 존경합니다.

은퇴 후 제2의 인생, 어디에서든 선한 영향력 펼치고 계실 선생님의 인생 2막을 응원하겠습니다.

석이는 이제 불혹의 나이에 접어들었다. 1인 기업으로 학원을 경영하면서 한 가정의 가장으로 살아간다. 코로나로 인해 타격을 입고 어려움이 있을 때도 꿋꿋하게 이겨 냈다. 열심히 살아가는 제자들을 통해서 느끼는 벅찬 보람과 행복은 교사로 살아온 나의 특권이다. 석이는 학원을 운영하는 바쁜 와중에도 시간을 만들어 우리 반 아이들에게 와서 수학을 알려주곤 했다. 수학을 포기한 아이들에게 수학을 다시 할 수 있도록 도와주었다. 분필 들고 칠판 가득 문제를 풀며 즐겁게 가르쳐 주는 모습을 볼 때마다 열네 살 때의 석이를 떠올렸다. 가르침의 즐거움을 맛보는 석이가 행복해 보여서 나도 덩달아 행복했다.

제자들의 열악한 현실을 볼 때마다 고민했다. 나의 관심과 지지만으로도 아이들은 다시 일어섰다. '담임교사' 라서 가능했다. 그 후로도 또 다른 석이를 만났다. 그때처럼 나는 관심과 지지의 손길을 내밀었다. 내 손길이 닿은 아이들은 우뚝 일어섰다. 그들도 지금쯤 자기 삶을 성실히 살아가고 있으리라 믿는다.

공부도 축구만큼 좋았어요

우승자 선생님은 2009년, 중학교 1학년 때 담임선생님이었다. 나는 수원 율전중학교 1학년 5반이었다. 그 이후로 2021년 8월, 나는 한국외국어대학교 글로벌 스포츠 학과를 수석으로 졸업했다. 그리고 원하는 IT 관련 기업에 취업하여 다니고 있다. 내가 학업에서 좋은 성과를 낼 수 있었던 데에는 '공부 재미'를 알려주셨던 우승자 선생님의 영향이 컸다. 중학교 때 나는 축구선수가 되는 것을 꿈꾸며 축구부 생활을 하고 있었다. 요즘에는 최저학력제라고 해서 운동선수들도 기준 이상의 학업 성적을 거두어야 경기를 뛸 수 있도록 하는 제도이다. 내가 운동할 당시에는 그런 제도는 없었었을뿐더러 운동부 선수는 공부는 거의 하지 않고 운동만 하는 분위기였다.

선생님께서는 학기 초에 우리 반 모든 학생에게 줄이 없는 두 꺼운 스프링 연습장을 한 권씩 주셨다. 과목에 구애받지 말고 그저 공부한 내용을 적으며 공부할 것을 제안하셨다. 그리고 다 채우면 보상을 주셨다. 처음에는 단지 그 보상 받을 욕심에 채워 나갔다. 그런데 연습장을 채워 나갈수록 공부에 흥미가 생겼고, 점점 더 시간이 지날수록 학업 향상을 위해서 공부하는 나의 모습을 볼 수 있었다. 제법 두꺼운 연습장 한 권을 다 채우고 나면 "우리 종준이 열심히 했구나~ 잘했어."라는 칭찬에 나는 뛸 듯이 기뻤다. 그리고 새로운 연습장도 주셨다. 그때 열심히 공부하면서 채웠던 연습장들은 아직도 나의 책상 서랍에 보관해놓고 있다. 나의 꿈을 위해 운동도 열심히 했고, 선생님 덕분에 공부도 열심히 했던 때라 소중하게 간직하고 있다.

축구를 하면서는 승리에 대한 보람과 성취감이 있었다. 반면에 공부할 때는 연습장 위에 차근차근 채워진 나와의 약속이 뿌듯했다. 우승자 선생님 덕분이다. 하지만 나는 그다음 해인 중학교 2학년 때 여러 이유로 축구를 그만두게 되었다. 운동부가 아닌 일반 학생이 된 것이다. 결과적으로 축구선수로서는 실패한 것이기에 어린 나이에 상처도 컸고, 좋아하던 축구를 그만둬서 슬프기도 했다. 그렇지만 금방 새로운 목표를 설정하고 공부를 시작했다. 학업에서 빠르게 적응할 수 있었던 것은 바로 1학년 때 연습장을 채워가면서 알게 된 공부 재미 덕분이었다. 그 연습장은 내 인생을 다시 시작하게 해준 '종잣돈'이었다. 덕분에 그 후로도 베이지색 연습장을 가방에 넣어 다닌 적 있다. 수학 문제를 풀기도 했고, 낙서도 했고, 영어 단어를 빼곡하게 적기도 했었다. 연습장에는 줄을 맞출 필요도 없고, 정답만 써야 할 이유도 없었다. 쓰고, 지우고, 찢고, 다시 쓰고. 그런 '연습'을 통해 나는 공부도 했고 훈련도 했고 반성도 했다. 어쩌면 나는 선생님의 연습장 덕분에 성장한 것인지도 모른다.

16년이라는 시간이 지나도 선생님은 그때처럼 변함없이 좋은 영향을 주신다. 이제 나는 어엿한 사회인이 되었다. 멋진 모습으로 선생님을 뵙고 그동안의 회포도 풀면서 술 한잔하고 싶은 마음이다.

저에게 공부의 재미를 알려주신 우승자 선생님께 감사드립니다. 선생님 가르침 덕분에 무사히 학업을 마치고 사회생활 잘하고 있습니다. 중학교 1학년 철부지인 저를 아끼고 사랑해준 선생님, 존경한다는 말씀을 전하고 싶습니다.

종준이는 초등학교 때부터 축구선수였다. 축구를 계속하기 위해 율전중학교로 왔다. '승리자의 집'이라는 운동부 숙소에서 생활하고 토요일이면 집에 다녀오는 생활이었다. 부모님과 떨어져서 지내는 운동부 아이들의 어려움을 알기에 관심 있게 지켜봤다. 2002년부터 2009년까지 8년간 근무했으니까 종준이를 만난 때는 율전중학교에서의 마지막 해였다. 2009년. 7년 만의 담임 복귀. 1학년 5반. 먼저 아이들 책상 위에 놓을 꽃을 준비했다. 교탁 위에도 예쁜 꽃을 놓았다. 책상 위, 신발장, 사물함에 아이들 이름을 썼다. 명렬표를 보면서 아이들을 만나기 전에 42명의 이름을 다 외웠다. 빈 교실에서 아이들 이름을 부르고 또 불렀다. "네, 선생님"이라는 아이들의 대답 소리가 들리는 듯했다. 또 출석부를 비롯하여 아이들 이름을 쓰고 또 쓰다 보니 저절로 외워졌다. 그해 그렇게 설렘으로 만난 종준이, 유진이, 수빈이는 지금도 만나고, 일요일 아침에는 독서 모임을 하면서 같이 책을 읽고 있다.

담임으로 중요한 원칙인 '실력 향상'과 '올바른 인성' 두 가지를 손에 쥐고 임했다. 너무 오랜만에 하는 담임교사라서 초임 교사로 돌아온 듯했다. 그 해는 학업, 실력 향상에 비중을 많이 두었다. 우선 모든 학생에게 연습장을 나누어주었다. 쓰면서 공부하는 습관을 키워가자고 했다. 연습장에 공부한 흔적을 남기는 것이 중요하다고 여겼기에 철저하게 지도했다. 아침마다 아이들 연습장에 공부한 흔적을 체크하고 격려했다. 아이들은 생각보다 잘 따라왔다. 담임이 강조하니까 억지로라도 하고, 칭찬이나 보상받기 위해서도 연습장을 채워 나갔다. 눈으로 하는 공부는 오래가지 못하기에 손으로 쓰도록 지도했다. 그때나 지금이나 눈으로만 공부하는 아이들이 많다. 영어 단어도 눈으로만 외우고, 심지어는 수학 문제도 눈으로만 풀어간다. 책을 읽으면서 중요한 부분에도 줄을 긋지 않는다.

동기부여를 위해 내가 할 수 있는 방법을 찾았다. 교실에 들어가면 연습장을 확인하는 것으로 하루를 시작했다. 공부한 내용을 날마다 일일이 검사하면서 사인을 했다. 한 권 다 쓰고 나면 새 연습장을 주면서 보상으로 문화상품권을 주었다. 종준이도 그 보상이 좋아서 운동하면서도 열심히 공부했다고 하니 효과적이었나보다. 더구나 중1 때의 그 연습장이 너무도 소중하여 세월이 흘러도 간직하고 있다니 놀랍고 고마운 일이다. 며칠 전에 만난 종준이는 그랬다. "제가 결혼하고 아이가 태어나면 중학교 1학년 때 쓴 연습장들 다 보여 줄 겁니다. 아빠가 얼마나 열심히 공부했는지 보여 줄 수 있는 증거자료니까요." 우리는 서로를 보면서 마음껏 웃었다. 가르치는 보람이라는 것이 이런 것이구나 싶어 뿌듯했다. 사실 종준이는 축구도 잘했지만, 공부에 대한 열망도 컸다. 축구를 접으면서 대구로 전학 간 뒤에도 수원까지 나를 찾아왔었다. 고등학교 생활을 잘하고 있을 뿐만 아니라 학업에도 안정적인 궤도에 오른 것 같아 마음이 놓였다. 그 후 대학 진학했을 때, 입대할 때, 졸업 후 취업 등 성장하는 순간마다 종준이의 소식을 들었다.

아이들에게는 저마다의 재능이 있다. 공부, 운동, 노래 부르기, 그림그리기, 기계를 잘 다루는 재능 등 타고난 능력이 숨어있다. 그 재능을 발견하고 키워가도록 돕는 교육은 중요하다. 그 기본은 기초실력을 잘 쌓는 것이다. 따라서 기초학력

향상은 선택이 아니라 필수다. 읽고 쓰고 말하기의 언어영역과 논리적이고 합리적인 추론의 탐구영역 등을 충실히 공부하는 것은 자신의 진짜 재능을 찾아가는 여정이다. 수능 만점 받은 학생 인터뷰에서 공부 비법을 물으면 어김없이 학교 공부에 충실했다고 한다. 바로 그것이다. 연습장 한 권에 담긴 나의 사랑과 관심은 기본에 충실 하자는 것이었다. 기본에 충실하게 임하면서 기초를 쌓다 보면 자신의 진짜 재능을 찾아갈 수 있으니 말이다.

종준이에게는 축구장이 연습장이었다. 내게는 초임 시절 교단이 연습장이었다. 종준이는 흙먼지를 뒤집어쓰고 넘어지고 땀 흘렸다. 나는 실수하고 부딪히고 좌충우돌했다. 지금 종준이는 자신이 하는 일 빅 데이트 컨설턴트로 여전히 '연습' 중이다. 지금 나는, 조금 더 성숙한 모습으로 교단에 서서 '연습'을 계속한다. 종준이와 나는 종종 만나 우리의 연습장을 꺼내놓고 그 시절을 회상한다.
종준이 앞에서 부끄럽지 않도록 오늘도 연습장을 다시 펼친다.

정희의 개근상

내 인생의 전환점은 중학교 3학년 때다. 중학교 2학년까지만 해도 나는 작심삼일의 아이콘이었다. 순 엉터리 학생이었다. 그런 내가 완전히 변화될 수 있었던 것은 우승자 선생님 덕분이었다. 늘 미완성으로 끝나던 중학교 학창 시절을 '완성' 이라는 마침표를 찍고 멋지게 졸업할 수 있었다. 선생님과 함께여서 행복했던 중학교 3학년 시절을 떠올려본다.

첫째, 꿈이 크면 깨져도 큰 조각

중학교 내내 하위권에서 놀던 내가 처음으로 시작한 도전은 성적 올리기였다. 선생님은 학기 초에 학습 플래너 징검다리를 나누어 주면서 맨 앞장에 원하는 목표점수를 적어보라고 했다.

나는 당당하게 12과목 모두 '100점'이라고 적었다. 우등생이 많았던 우리 반이었는데 100점을 적은 친구는 전교 1등 말고는 없었다. 공부를 전혀 하지 않았던 나는 만점을 기대한 건 아니었지만 용기 내어 목표를 높게 잡았다. 친구들에게도 희망목표니까 이루지 못하더라도 괜찮다며 꿈이 크면 깨져도 커다란 조각을 얻어낼 수 있다고 재치 있게 말했다. 그렇게 내 손으로 적어본 만점이라는 목표는 나에게 기분 좋은 동기부여가 되었다. 선생님이 보여준 나에 대한 믿음과 가르침에 대한 열정은 시너지 효과를 내기에 충분했다. 시험이 끝나자, 목표점수와 실제 점수를 비교하여 적어보라고 했다. 그때 나는 빙그레 웃으며 플래너를 펼칠 수 있었고, 그 순간이 나의 성적향상을 위한 첫 발걸음이 됐다.

둘째, 개근상 받기

초등학교 6학년, 중학교 2학년을 지날 때까지도 '개근'이라는 친구를 만난 적이 없다. 잠꾸러기였던 나는 항상 지각쟁이였다. 지각과 결석으로 흠집이 나 있었던 생활기록부를 되돌리기 어려울 것 같아서 내심 걱정이었다. 하지만 선생님은 지금부터 시작이라며 '1년 개근' 이라는 목표를 던져 주었다. 그때의 선생님 눈빛이 아직도 기억난다. 한 학생에게 목표를 부여해주고, 그 목표를 이룰 수 있도록 늘 곁에서 도와주는 것이 결코 쉬운 일이 아닐 것이다. 나는 1년간 담임선생님의 기대에 부응하기 위한 무던한 노력을 했다. 몸이 아파도 개근상 하나를 바라보며 쉬지 않고 학교에 갔다. 16살의 나는 노력 끝에 난생처음 도전했던 '1년 개근' 이라는 임무를 완수했다. 그 모습을 지켜본 선생님은 기특하고 자랑스럽다며 졸업식 때 개근상 대표수상자로 단상에 세워주었다. 고작 1년 개근상이었지만 나에게는 세상 그 어떤 상보다도 크고 위대했다. 대표수상자로 졸업식 단상에 올라간 것이 얼마나 가슴 설레고 뿌듯하던지. 역시 내 인생의 전환점이 된 일이다.

그렇게 학업에 대한 열정과 성실한 생활 습관이 내 안에 서서히 자리 잡게 되었다. 그것은 고등학교 진학 후에도 버팀목이 되어 상위권 성적을 유지하는 우등생으로 만들어 주었다. 나는 어느새 깊은 뿌리를 내려 바람 불어도 흔들리지 않는 단단한 나무로 성장하고 있었다. 갈피를 잡지 못하고, 뿌리 내리지 못

하던 여린 씨앗 같은 어린 존재였는데 말이다. 선생님은 든든하게 곁을 지켜주면서 거름이 있는 땅에 나를 안착시켜주었다. 수시로 영양 보충을 해주며 튼튼한 뿌리를 내리게 해주었다. 나뿐만 아니라 우리 반 모든 학생을 소중한 씨앗처럼 보살펴주었다. 선생님 덕분에 언제 돌아보아도 기분 좋은 추억으로 남아있는 중학교 3학년 시절이다. 10여 년이 지난 지금도, 그리고 30년 뒤에도 생생하게 빛날 내 인생의 한 부분이 아닐까 생각한다.

선생님. 제 어린 날에 함께 해 주셔서, 그리고 여전히 함께해 주셔서 감사합니다.

2013년, 반월중에서 정희를 만났다. 42명의 우리 반 명단을 받았을 때 정희의 출결을 보고 심란했다. 질병 결석뿐만 아니라 사고결석 횟수도 장난 아니었다. 법정 수업일수를 겨우 채우고 유예를 면한 상태에서 3학년이 되었다. 근태가 좋지 않은 경우, 추측할 수 있는 여러 가지 요인이 있다. 하지만 어떤 선입견으로 아이를 대하고 싶지는 않았다. 정희가 일단 학교에 빠지지 않고 오는 게 중요하다는 마음만 가득했다.

3월 4일 월요일. 3학년 5반 교실. 첫날 정희의 눈을 마주하면서 내 진심을 전했다.

"정희야, 올해 결석 없이 학교 오는 거 목표로 잡아보면 어떨까?"

"………예" 들릴 듯 말 듯, 작은 소리로 대답했다.

"1, 2학년 때 결석이 많더라. 졸업하는 날, 개근상 받는 것 어때?"

"한 번 노력 해볼게요."

정희가 내 마음을 받아들이며 새끼손가락을 걸었다.

'과연 가능할까? 정희는 약속을 지킬 수 있을까? 너무 무리한 요구를 한 건 아닐까?' 온갖 생각을 다 했다. 반신반의했다. 대부분 학생은 성실하게 학교 나오는 일이 기본이다. 하지만 정희처럼 학교 오는 일이 쉽지 않아 결석이 잦은 아이도 더러 있다. 코로나 이후에는 현장 체험학습 날짜가 학교장 재량에 따라 20일까지 가능해졌다. 더구나 요즘은 개근상에 의미를 부여하지 않는다. 학교 수업 외에도 부모님과 함께하는 시간을 통해 더 의미 있는 큰 배움을 얻기도 하기 때문이다. 하지만 정희와 나는 근면 성실을 키우기 위해 개근상에 도전하기로 목표를 세웠다. 근면함이 몸에 익기까지 적지 않은 시간이 걸릴 거라고 예상했다. 하지만 스스로 하고자 하는 의지가 강하면 물리적인 시간도 단축된다는 사실을 알게 되었다. '결석이 그렇게 많았던 아이 맞아?' 하는 생각이 들 정도로 정희는 열심히 학교에 나왔다. 3월의 성공에 이어 4월, 5월에도 날마다 출석이었다. 드디어 1학기 내내 하루도 빠짐없이 나왔다. 감기가 심하게 걸린 날도 기어코 나왔다. 보건실에서 약 먹고 쉬더라도 무조건 학교에 오는 것이 일상이 되었다. 학생이 꼬박꼬박 학교에 나오는 것은 기본이다. 하지만 정희는 2학년 때까지만 해도 결석한 날이 60일이 넘었다. 그런데 3학년 첫날의 약속을 지키고 있는 모습이 믿기지 않을 때가 종종 있었다. '정희가 오늘도 무사히 등교했구나…'를 속으로 중얼거리곤 했었다.

정희는 나의 지도 방향과 학급경영을 온전히 받아들였다. 학교 오는 날에 대한 개념을 칼같이 잡았고 공부하겠다는 마음을 동시에 품었다. 1학기에 이어 2학기에도 매일 학교에 잘 나왔다. 시험 볼 때마다 성적은 쑥쑥 올랐다. 학습플래너 징검다리를 반 전체에 적용하던 시기라 검사하면서 지도하는 일이

고단했지만 멈추지 않았다. 나의 다양한 교육활동을 스펀지처럼 받아들였다. 한 달에 한 번씩 하는 집단상담을 통해 친구들과도 잘 지내고 교우관계 폭도 점점 넓혀갔다. 정희를 비롯한 우리 반 아이들이 좋아지는 모습에 힘을 얻고 용기를 냈다. 교사로서 자부심이 충만해지고 뿌듯했다. 포기하지 않고 아이를 붙잡은 내 노력의 결실이었다.

기본 생활 습관이 중요하다는 것은 이론으로는 누구나 안다. 그 기본 생활 습관을 키우기 위해 가정과 학교에서는 여러 가지 방법으로 지도한다. 오죽하면 삼천만 번의 잔소리를 들어야 좋은 습관 하나가 자리 잡는다고 할까. 나는 항상 진심으로 아이가 잘 성장하기를 바라면서 가르친다. 험한 욕 대신 고운 언어를, 삐뚤어진 글씨를 반듯하게, 삐딱한 자세를 바르게 앉는 훈련 등, 몸과 마음이 유연한 아이들이기 때문에 그대로 흡수하면서 금방 좋아진다. 가르치는 방식도 중요하지만, 아이의 내면에서부터 동기유발이 되어 움직이게 하는 것이 훨씬 중요하다는 것을 알게 되었다. 정희를 지도하면서 교사로서도 한 뼘 더 성장하는 계기가 되었다. 그것은 아이 스스로 변화해야겠다는 의지를 갖게 하는 것이다. 학생이 마음을 굳게 먹고 어떤 행동을 실천하겠다는 의지가 만나는 순간. 알에서 병아리가 깨어나오는 줄탁동시. 교사와 아이가 하나 될 때가 최상의 터닝포인트다. 나와 정희의 만남은 그랬다. 아이들을 지도하면서 정희처럼 좋은 성과를 거두는 경우가 그리 흔하지는 않다. 나에게 '정희의 개근상'은 소중한 성공 경험이다.

졸업식장에서 수여되는 수많은 그 어떤 상보다도 '정희의 개근상'은 의미 깊었다. 아이가 단상에서 당당히 수상하는 모습을 보면서 콧등이 시큰했다. 정희는 그렇게 당당한 모습으로 세상을 살아갈 것이라고 굳게 믿었다. 역시 예상은 맞았다. 모바일 고등학교에 진학한 정희는 3년을 근면하게 보내고 우수한 성적을 거두었다. 졸업하기 전에 원하는 금융 분야에 취업했다. 그런 정희의 변화와 성장을 보면서 가슴 뻐근한 기쁨을 맛보았다. 가끔 퇴근길에 정희랑 만나서 밥 먹고, 영화 보고, 쇼핑하고 수다 떠는 소소한 일상을 누리고 있다. 오늘도 정희는 일터에서 열심히 일하며 삶을 잘 가꾸어 가고 있다.

해마다 2월이면 아이들 맞을 준비를 한다. 교실 꾸미는 일은 겉으로 드러나는 일이지만, 실은 마음으로 먼저 아이들을 만난다. 한 해의 어떤 씨앗을 심어야 할지 고민하고 마음을 모은다. 그해 정희의 '결석' 을 '출석' 으로 바꾸고 싶다는 소망은 이루어졌다.

교사로 살아간다는 것은 결국 오늘 내가 작은 씨앗 하나를 제대로 심는 일이다. 꽃피고 열매 맺는 일까지는 내 몫이 아니다. 내가 할 수 있는 일은 일단 씨앗 하나에 집중하는 일이다. 오늘도 내가 심은 소중한 씨앗들을 바라본다.

최고의 선생님

　　수일여중은 수원시에 있는 유일한 공립 여자중학교
다. 송원 여중과 수일여중은 내가 다양한 교육활동 하기에 최
적화된 학교였다. 특히, 수일여중에서의 5년은 나의 교육활동
전성기라고 할만하다. 우선 학교 주변 경관이 최고였다. 무엇
보다 운동장이 넓고 꽃과 나무가 많아서 좋았다. 학교 울타리
에는 자작나무를 비롯하여 밤나무, 벗나무, 단풍나무, 버드나
무 등 오래된 나무가 많아서 울창한 숲을 이루었다. 또 다양한
꽃이 사시사철 가득했다. 봄을 알리는 하얀 목련과 노란 개나
리부터 시작하여 분홍색 진달래가 화단 곳곳에서 피어난다. 4
월이 시작되면 교문에서 펼쳐지는 하얀 벗꽃이 절정을 이룬
다. 학교 가는 길이 즐겁고 행복했던 시절이다. 5년 내내 소풍

가는 기분으로 출근했다. 퇴직하는 마지막 날까지 근무하고
싶은 학교였는데 인사발령 규정으로 아쉽게 떠나온 곳이다.

5년 동안 즐겁게 담임을 했다. 매일 웃었다. 행복한 날이었다.
학교에서 큰소리를 내거나 인상을 써본 기억이 없다. 집단상
담도 즐겁게 했다. 텃밭도 가꾸었다. 교정 곳곳을 아이들 손
잡고 걸으면서 수다를 떨거나 상담하기도 했다. 지금이라도
학급문집을 펼치면 아이들의 웃음소리가 쏟아져 나올 것만 같
다. 제자들의 목소리로 행복했던 시절을 돌아본다.

■ 지수와 함께 떠나는 추억여행

2014년, 여느 때와 다름없이 새로운 학년을 다시 맞이한다는
것이 설레고 기대되었다. 교실을 들어서는 순간 다른 반과는
달리 책상에 선생님께서 직접 쓴 이름과 꽃들이 놓여있었다.
학교라는 곳에 와서 처음으로 느껴본 감정이었다. 선생님은 학
생 한명 한명의 이름을 직접 쓰고 붙이고 기다린 것이다. 꽃들
이 나를 향해 활짝 웃고 있었다. 처음 뵌 선생님 모습은 밝은 에
너지 그 자체였다. 열정이 넘치셨다. 선생님은 우리 한 명 한 명

을 반겨주고, 웃으면서 맞아 주었다. 그렇게 선생님과 친구들을 만나서 중학교 2학년 생활이 시작되었다. 그동안 경험해보지 못한 것들을 많이 접할 수 있었다. 모둠활동을 하면서 친구들과 협력하는 방법도 배웠다.

2학년 9반이 특별했던 점으로 첫 번째는 집단상담을 한 것이었다. 한 달에 한 번씩 집단상담을 하며 반 친구들과 가까워지는 기회가 되었다. '인간 보물찾기' 등 다양한 활동을 통해 서로에 대한 장점이랑 단점을 찾아보았다. 더불어 나와 성격이나 가치관 등이 닮은 친구는 누군지도 알 수 있는 시간이었다. 그리고 우리 반이 특별했던 점 두 번째는 '반가' 였다. 반을 대표하는 노래는 다른 반에서는 아예 찾아볼 수 없었는데, 그 특별함을 우리는 가지고 있었다. 반가 가사가 기억난다. '퐁당퐁당' 이라는 동요를 흥얼거리면 노랫말이 지금도 저절로 떠오른다.

"지행합일 2학년 9반 예쁜 친구 모두 모였네. '웃음' 아 퍼져라. 멀리멀리 퍼져라.

'예의' 바른 모습이 사랑스러워. 꿈을 꾸는 우리는 '행복' 한 9반!"
반가 가사는 우리 반 친구들이 함께 만들었다. 종례할 때마다 불렀다. 우리가 정한 3가지 가치 덕목은 "웃음, 예의, 행복"이었다. 반가를 부를 때마다 이 가치를 기억하면서 실천하겠다는 의지를 품었다.

2학년 생활은 나에게 많은 긍정적인 영향을 주었다. 1년 동안 선생님의 열정과 에너지를 통해 나는 덩달아 밝은 에너지와 모든 일에 최선을 다하는 열정을 배울 수 있었다. 시간이 흘러 지금 2022년, 10년 전 선생님의 수업방식이 기억난다. 반 친구들 모두에게 신경 써주시고, 바른길로 인도해 주셨던 것이 감사하다. 또한, 선생님의 가르침을 통해 지금의 내가 긍정적인 마인드를 갖고, 배려하며 생활하는 첫걸음이 되었다. 내 인생 최고의 선생님을 통해 배운 것들로 잘 살아가고 있다. 새삼 선생님께 감사 인사를 드린다. 선생님, 감사합니다. 저는 선생님 덕분에 열심히 생활하고 있습니다. 사랑해요, 선생님.

■ 예은이의 추억 이야기

• 강렬한 첫인상
중학교 입학하는 날. 두려움 반 설렘 반이었다. 어느 자리에 앉아야 하는지 고민하며 교실에 들어섰는데 모든 고민과 두려움을 없애주기에 충분했다. 선생님이 준비한 교실의 풍경은 놀라웠다. 책상 하나하나에 직접 쓴 이름표와 작은 화분이 놓여있었다. 책상뿐 아니라 의자 뒤에도, 사물함에도 심지어 신발장까지 내 이름이 다 붙어 있었다. 담임선생님이 그렇게 첫 만남을 소중하게 여기고 직접 교실을 꾸며준 일은 처음이었다. 초등학교 6년, 고등학교 3년을 다 돌아봐도 우승자 선생님 단 한 분뿐이다. 그렇게 첫날, 학교가 끝나고 다른 반 친구들이 우리 반을 보러 와서 부러워했던 기억이 난다. 강렬했던 첫인상이었다.

• 오늘의 인물

우리 반 종례는 나눔터라고 했는데 학생들이 돌아가면서 했다. 학교에서 하루 동안 있었던 일을 나누었다. 그날의 나눔터를 맡은 친구는 하루를 정리하면서 '오늘의 인물'을 뽑았다. 오늘 모범적으로 지냈던 반 친구를 칭찬하는 것이었다. 오늘의 인물로 뽑힌 친구에게 다 같이 칭찬 박수를 하면서 마무리했다. 모범 학생으로 뽑혀서 박수받으면 하루를 보상받는 느낌이라 좋았다. 나는 중1, 중3 때 우승자 선생님 반이었다. 신기하게도 두 번 다 첫날에 오늘의 인물로 내가 뽑혔었다. 선생님과 나는 놀라워했다. 나눔터로 하는 종례 방식은 좋았다. 내가 하는 날이 되면 반 친구를 관찰하게 되었다. 나랑 별로 친하지 않은 친구들, 평소에는 잘 몰랐을 친구의 사소한 것까지 보았다. 친구의 어떤 점을 어떻게 칭찬해 줄 수 있을까를 생각하면서 관심을 가지게 되었다. 자연스럽게 반 친구들에게 애정도 가고 우리 반을 더 사랑할 수 있게 되었다.

• 모둠 공책 쓰기

모둠 공책은 모둠별로 하루 동안 배운 수업내용을 복습 겸 노트에 정리하면서 적는 것이었다. 새로운 한 달이 시작되면 모둠 공책을 주셨다. 예쁜 모둠 공책을 받으면 잘 쓰고 싶었다. 나뿐 아니라 다들 예쁘게 모둠 공책을 쓰려고 노력했던 기억이 난다. 모둠 공책 쓰기는 유익했다. 중1 때는 노트필기를 어떻게 해야 하는지 몰랐었다. 모둠 공책을 쓰면서 간단하게라도 수업내용을 적으려고 노력했던 것이 결국 나중에 나만의 노트필기를 하는데 밑거름이 되어 주었다. 공부 잘하는 친구들은 어떻게 요약하면서 필기하는지도 보면서 배울 수 있다는 게 좋았다.

• 영어 속담과 사자성어

중1 여름방학이었다. 선생님은 영어로 된 속담 문장과 사자성어 모음을 A4 용지 두 장에 코팅해서 나눠 주었다. 속담 한 문장과 사자성어 하나를 매일 외우라고 하셨다. 쪽지 시험을 보기도 했다. 그때 억지로라도 외웠던 사자성어와 영어 속담은 나중에 수능 영어와 국어에 많은 도움이 되었다. 굳이 수능이 아니더라도 상식으로 사자성어를 알고 있으니까 일상에서 대화할 때 많이 활용한다. 아마 이때 사자성어를 외우지 않았더라면 지금까지 사자성어는 거의 무지한 분야가 아니었을까? 참 감사하다.

• 시험공부 계획 세워서 공부하기

시험 기간, 즉 시험 보기 한 달 전쯤부터 선생님은 시험공부 계획표를 나누어 주셨다. 목표점수와 공부 계획을 짜게 했다. 내 기억으로는 목표점수에 도달한 친구에게 상을 줬던 것 같기도 하다. 하여튼 한 달 전부터 시험계획을 짜고 실천하는 습관은 선생님 덕분에 길렀다고 할 수 있다. 한 달 동안 여러 과목을 어떻게 공부할 찌 나만의 공부 계획 방법을 스스로 할 수 있게 되었다. 나는 여러 과목을 한 번에 하는 것보다 한 과목씩 끝내고 다음 과목을 하는 스타일이라는 것도 알게 되었다. 물론 고등학교 와서는 조금씩 고쳤지만, 중학교 3년 동안은 잘 활용했던 공부 계획 세우기와 공부 방법이었다. 시험 기간 중에는 사랑의 약봉지에 초콜렛, 젤리를 넣어서 명언과 함께 나누어주셨다. 공부할 때 하나씩 까먹으면 어렵게 느껴지던 수학 공식조차 달콤했다. 선생님의 정성과 사랑 덕분에 시험공부도 즐겁게 했다.

■ 윤경이의 추억을 따라서

• 여러 가지 활동으로 행복했던 1년

중학교 1학년은 추억이 많은 시절이다. 처음으로 해본 집단상담, 가래떡 데이, 낙엽 수업, 비빔밥 데이, 나무 프로젝트, 문집 만들기, 모둠 공책 쓰기, 감사일기 쓰기, 징검다리 플래너, 주말 미션, 짜장면 먹던 날이 생각난다. 또 선생님이 마련해주신 엄마와의 추억 쌓기 프로그램, 모둠장 회의, 나의 나무와 함께 맞이한 크리스마스도 있었다. 매 순간 사소한 것들에서도 의미를 찾아 행복을 나누고 그 순간을 즐길 수 있어 행복했다. 지금까지의 학교생활에 있어서 가장 풍요롭게 보낸 시절이었다. 그

1년은 나에게 너무나도 소중하고 감사한 기억이다.

1년 내내 활동들을 즐기다 보니 추억 부자가 되었다. 그 각각의 활동들을 거치며 가랑비에 옷 젖듯 스스로에 대한 이해가 쌓였던 것 같다. 또 선생님과의 활발한 소통으로 스스로에 대한 신뢰가 단단해졌다. 이것은 내가 살아가는데 소중한 자산이 되었다. 대학 진학하면서 원하는 학과에 가지 못해 힘든 시간을 보냈다. 점점 더 넘어야 할 산이 많아졌다. 그런 상황 속에서 견고해진 나의 내면을 만났다. 중1 때 다져진 나 자신을 향한 신뢰 덕분에 무너지지 않고 버틸 수 있었다.

• 지금도 함께 해주시는 선생님

1학년을 마치면서 담임선생님과 학생의 관계를 벗어났다. 하지만 나의 잠재력을 알아보고 기회를 주고, 이끌어 주셨다. 선생님을 만난 후 나는 정말 인복이 있는 사람이라는 것을 깨달았다. 나의 보물, 첫 징검다리 플래너는 꺼내 볼 때마다 다가오는 느낌이 새롭다. 마음이 해이해졌을 때는 열정적이던 그때의 내 모습을 보며 다시 마음을 다잡을 수 있다. 마음이 힘들 때는 선생님이 남겨준 따뜻한 문구들을 보며 위로받는다. 플래너 구석구석에 남아있는 친구들의 흔적은 힐링 그 자체다.

• 내 삶의 모델링이 되시는 선생님

선생님과의 다양한 활동이나 소통뿐 아니라, 선생님의 존재 자체가 나에게 큰 동기부여다. '내가 도대체 무얼 위해서 이렇게 하나?' 라는 생각이 가끔 든다. 의욕이 떨어질 때도 있다. 그때마다 끊임없이 배움을 추구하고 발전해 가는 선생님 모습을 떠올린다. 그러고 나면 자신에 대해 반성하고 앞으로 나아갈 수 있는 원동력이 된다. 앞으로 어떻게 미래를 펼쳐나가야 할지 삶의 태도에 대하여 생각이 복잡할 때는 선생님처럼 살아가야겠다고 다짐하곤 한다.

오랜만에 중학교 1학년 때의 문집을 펼쳐보았다. 사진들을 볼 때마다 웅성웅성한 그 현장에 있는 듯 그때가 선명하게 떠오르는 것이 신기하다, 나에게 그때의 순간들이 특별했다는 것을 다시금 알게 된다. 앞으로 살아가면서 힘든 날이 오면 또 선생님을 생각할 것이다. 그때의 아름다운 추억과 나에게 해준 소중하고 따뜻한 말들을 기억에서 꺼낼 것이다. 그리고 힘을 내어서 앞으로 나아갈 것이다. 많은 사랑을 베풀어 준 선생님께 진심으로 감사드린다.

■ 유나의 슬기로운 중 3 생활

• 눈부신 1년을 보내다.

학창 시절에서 가장 기억에 남는 선생님은 중3 담임선생님이다. 선생님의 성함에서부터 강한 인상이었다. 절대 잊어버릴 수 없는 세 글자다. (부모님이 기억하는 유일한 선생님이다.)강하고 긍정적인 성함에 걸맞게 선생님은 롤러코스터처럼 스펙타클하고, 태양처럼 눈 부신 1년을 선물해주셨다.

처음부터 '좋은 선생님'으로 받아들이기는 어려웠다. 긍정적이고 도전적인 교육 방식을 지닌 선생님인 것 같았다. 다양한 활동을 통해 좋은 1년을 보내게 될 거라고 선배들이 얘기해 주었다. 하지만 고지식하고 '어린 꼰대'인 나와는 맞지 않을 듯했다. 선생님의 적극적인 교육 방식에 적응해야 하므로 힘들 거 같았다. 다양한 활동이 재밌기는 하겠지만 늦은 등교와 빠른 하교를 원하는 나에게는 방해 요소라고 생각했다. 시큰둥했다. 하지만 서서히 활동에 참여하면서 나는 변화되었다. 내가 귀찮아했던 것들은 모두 고마운 추억들이 되었다.

• 매일 아침 30분의 기적

그때는 9시 등교했는데 우리 반은 8시 30분 등교를 권장했다. 아침 수면이 얼마나 중요한데, 30분이나 단축하라니, 말도 안 된다고 생각했다. 하지만 8시 30분 이전까지 등교하면 선물을 받을 수 있었다. 선물을 받을 마음으로 한 달을 꾹 참고 일찍 등교했다. 놀라운 변화가 생겼다. 30분 일찍 등교했을 뿐인데 하루가 보람차게 바뀌기 시작했다. 여유가 생겼다. 수업 준비, 예습하기, 책 읽기, 친구들과 이야기하기 등이 가능했다. 아침의 여유로 인해 나의 하루가 보람찬 날들로 변화되고 있었다. 또 교실의 TV가 screen mirroring으로 바뀌고 나서는 친구들이랑 아침 시간에 과학 예습 영상을 보기도 했다. 기적 같은 나의 하루는 계속되었다.

• 우리가 만들어가는 하루 마무리

종례 시간에 학생들에게 돌아가며 쓰고 발표하는 나눔터가 있었다. 나를 소개하기, 친구 칭찬하기, 내 이름으로 삼행시 짓기, 나의 나무 소개하기 등의 특별한 주제들을 다루었다. 나눔터는 학교를 향해 쓰는 편지 같았다. 25일에 한 번씩 쓰는 이 편지에는 알게 모르게 학교를 향한 마음이 담기게 되었다. 활기찬 우리 10반 이야기. 하얀 자작나무가 반겨주는 산책길. 나의 나무인 붉은 단풍나무가 서 있는 길. 숲속 작은 학교 앞 작고 소중한 텃밭. 3년간의 추억이 담겨있는 나눔터가 되었다.

• 나에게 황금이 된 장학금

나는 반에서 1등을 놓친 적이 없고 내신 성적이 좋았다. 특히 영어 성적이 높아서 외고에 진학할 생각이었다. 하지만 진로를 문과에서 이과로 바꾸면서 특목 · 자사고 진학을 포기했다. 그리고 일반계 고등학교 진학을 결정했다. 선생님은 아쉬워하시면서도 나의 선택을 존중하고 지지해 주셨다. 입학을 희망하는 고등학교와 관련된 정보를 수시로 알려주셨다. 특히 선생님께 감사한 일이 있다. 그것은 장학생 추천이었다. 내가 가고 싶은 고등학교에서 성적이 좋은 학생에게 주는 장학생 선발이 있었다. 선생님은 곧바로 나를 추천해 주셨다. 그 과정은 감동이었다. 그때로서도 꽤 큰 금액의 장학금을 받았다. 뿌듯하고 기분 좋았다. 대학생이 된 후에 나에게 적합한 장학금을 알아보는 것과 장학생 추천서를 받는 과정이 얼마나 어려운지를 알게 되었다. 그때 선생님은 해당 장학생 공고가 나오자마자 추천서를 바로 써주셨으니 생각할수록 고마운 마음이 든다. 나에게 관심과 애정을 듬뿍 주신다는 것이 느껴졌다. 선생님은 한 명, 한 명에게 최고의 사랑을 주었다.

우승자 선생님, 감사합니다. 덕분에 저는 소중한 1년을 간직하고 있습니다. 졸업식 날 한복 입은 모습이 생각납니다. 지행합일 박수도 떠오릅니다. 선생님만의 독특한 수업방식도 새록새록 기억나네요. 선생님 사랑합니다. 많은 추억을 주신 나의 선생님께. 유나 드림.

■ 희연이와 함께 떠나는 추억여행

• 변화하고 성장하는 나

3학년이 되어 첫 등교를 하던 날, 어색했던 분위기 속에 유쾌하게 등장한 우승자 선생님의 모습이 기억난다. 모두가 긴장하고 낯설어 약간 차가웠던 그 공기를 한순간에 무너뜨렸다. 환한 웃음과 함께 등장하신 선생님은 이름 이야기하면서 분위기를 전환해 주었다. 우리도 서로에 대해 어색함을 덜 수 있었다. 하지만 그것도 잠시, 느슨해진 그 공기는 다시금 팽팽히 조여왔다. 선생님은 확실한 학급 경영방침이 있었고 철학을 가지고 있었다. 지금까지 겪어왔던 학급 운영방식과는 사뭇 달라 당황했다. 선생님이 얘기한 규칙들은 당시로서는 혁신적이고 개방적인 느낌의 운영방식이었다. 30분 일찍 등교하기, 수업일기 작성하기, 텃밭 가꾸기, 집단 상담하기 등의 활동들에 대해 듣고 곧바로 걱정에 빠져들었다. '과연 이 활동들을 내가 다 잘해낼 수 있을까?' 걱정이 앞섰다. 다행히도 부정적인 생각은 길게 가지 않았다. 새로운 환경에 금방 적응하여 학급 활동에 열심히 참여했다. 예전과는 다른 활동적인 모습을 보이며 적극적인 학교생활을 이어 나갔다. 당시의 활동들을 통해 많은 교훈을 얻었다. 또 좋은 습관을 키울 수 있었다. 나는 지금도 성찰하며 발전해 가고 있다. 나의 이런 모습은 선생님이 추진한 활동에서 비롯된 좋은 습관이다.

• 친구들과의 추억 쌓기

다양한 활동들과 더불어 우리 반은 3학년 전체 학급 중에서도 단합력 최고였다. 당연히 선생님의 노력이 숨어있었다. 선생님은 학급 친구들이 함께 할 수 있는 여러 활동을 만들어 주었다. 대표적으로 기억나는 활동으로는 방과 후에 남아서 하는 집단 상담이다. 학교가 끝나고 모둠원이 학교에 남아 이름표 만들기, 미래 계획서 작성하기 등의 활동을 하면서 다른 친구들을 알아갈 수 있었다. 또 나 자신을 탐색하고 이해할 수 있는 시간이었다. 그때 했던 활동들은 나의 미래를 그리는 데 큰 도움이 되었다. 또 생각나는 것은 친구들과 학교에서 하룻밤을 보낸 일이다. 그때 활동들이 생생하게 기억난다. 꿈 나르기, 모자 나르기, 미친 고양이, 보물찾기, 바비큐 파티, 신문지 훌라후프 만들기 등이다. 여러 가지 활동으로 친구들끼리 자연스럽게 어울릴 수 있었다. 덕분에 친구들과 많은 추억을 쌓았다.

• 거꾸로 수업

우승자 선생님의 진취적인 모습은 학급 운영뿐만 아니라 수업 시간에도 드러났다. 선생님은 과학을 담당했는데 거꾸로 수업을 소개해 주었다. 거꾸로 수업은 학생들이 수업을 이끌어 가는 형태였다. 강의식 수업에 익숙한 학생들에게는 사뭇 생소한 수업방식이었다. 선생님이 직접 녹화한 강의 영상을 미리 소셜 미디어(학급밴드)에 올려놓았다. 우리는 그 영상을 집에서 보고 와야 했다. 수업 시간에는 학생들끼리 모둠을 이루어 서로 토론하고 고민하며 문제 해결하는 자리를 마련해주었다. 이런 형태의 수업을 처음 겪은 나는 굉장히 힘들었다. 게다가 과학을 못 하던 나는 이론을 실제 문제에 적용하여 해결해 나가기에는 너무 벅찼다. 이런 난관에 오기가 생겼다. '내가 더 많이 공부해서 친구들에게 알려주고, 수업에 주도적으로 참여하고 싶다.' 라는 생각을 가졌다. 이것은 자기주도학습에 큰 영향을 주었다. 스스로 공부하는 습관은 고등학교에 가서도 대학에 와서도 긍정적인 영향을 끼쳤다. 지금까지도 나에게 좋은 습관으로 남아있다. 중학교 3학년부터 미리 훈련 시켜준 선생님 덕분이다.

나의 중학교 3학년의 나날들은 학급 친구들과 선생님 덕분에 더욱 빛나고 행복할 수 있었다. 그때의 기억들은 지금의 나에게 좋은 추억으로 남아있다. 이런 추억을 만들어 준 선생님께 정말 감사하다는 인사를 드리고 싶다.

선생님 학생들에게 최선을 다하는 열정적인 모습, 정말 멋졌습니다. 제 인생 최고의 선생님이었습니다. 감사드립니다.

소중한 아이들 글 속에서 열정 넘치던 나를 만난다. 지수를 따라 나도 반가를 불러본다. 학급 가치를 찾고 그것이 노랫말이 되어 하루를 행복하게 마무리할 수 있었던 날들이 꿈만 같다. 예은이의 추억 속에서 또 나를 만난다. 아이들을 기다리는 동안의 설렘, 행복한 기다림이 참 컸구나 싶다. 10년이 지난 지금. 집단상담이나 배움 일기 등 나의 학급 운영 철학은 변함없다. 수일여중 아이들의 특성에 맞게 새롭게 시도하고 도전한 것도 있었다.

빠른 세상이다. 변화는 받아들여야 한다. 하지만 결코 내려놓을 수 없는 가치가 있다. 사람이 먼저다. 불변의 진리다. 아이들은 무엇을 배웠는지는 잊어도 자신을 어떻게 대했는지는 잊지 않는다고 한다. 무슨 활동을 어떻게 하는지도 중요하지만, 어떤 마음으로 아이들을 대했는지가 훨씬 중요하다. 아이들은 존재 자체로 빛난다. 그들이 역동적으로 성장하고 변화하는 길 위에 나는 늘 함께했다.

'최고의 선생님'이라는 수식어 뒤에 진정성 있는 나의 진심을 아이들의 고백 속에서 다시금 들여다본다.

학급문집 속에 있는 제자들의 앳된 얼굴을 다시 바라본다.

Part _04

〈제 4 장〉
행복한 교실 가꾸기

설레는 첫 만남

"○○이랑 친해지고 싶어요."

"먼저 말을 걸고 싶은데 용기가 안 나요."

"친구 못 사귈까 봐 걱정돼요."

친구를 사귀고 싶은 아이들 고민이 고스란히 담겨있다. 새 학년이 되어 새로운 친구들을 만나면 단짝을 찾기 위해 서로서로 탐색한다. 에릭슨(Erik Erikson)의 심리 사회적 발달 이론에 의하면 청소년기에 꼭 경험해야 할 두 가지 과제가 소속감과 탐색이라고 한다. 자신이 속한 집단에서 책임과 의무를 다하는 소속감과 함께 또래 관계에서 새로운 것을 시도하는 탐색이 이루어지는 시기다. 또래들과 갖게 되는 인간관계는 사회성 발달에 큰 영향을 미친다. 교우관계를 통해 가족의 울타리를 벗어나 정서적 독립이 이루어지고 성격 발달에도 중요한 의미를 지닌다. 따라서 아이들이 자기랑 맞는 친구를 찾아 나서는 일은 자신의 정체성을 형성하는 일이다. 처음 만나는 날은 서먹서먹하고 서로 말 걸기 어려워한다. 일 년 중 가장 조용한 날이기도 하다. 그 와중에 자기와 통하는 친구를 찾아낸다. 팽팽한 긴장이 기분 좋은 설렘으로 이어질 수 있도록 이름 관련 프로그램을 시작한다. 교실에서 함께 생활하면서 이름을 수시로 부르기 때문이다.

먼저 한글, 영어, 한자로 자기 이름을 쓴다. 이어서 이름을 누가 지어 주었는지, 이름에 담긴 뜻이 무엇인지 적는다. 매번 놀라는 것은 자기 이름을 지어 준 분이나, 담긴 뜻을 아는 아이가 드물다. 또 영어로는 잘 쓰지만, 한자로 쓸 줄 아는 아이는 거의 없다. 건강하고 바르게 자라기를 바라는 마음으로 심사숙고해서 지었을 테다. 귀하고 소중한 자녀들이라 세상 좋은 뜻을 다 담았을 텐데 정작 자신은 모른다. 이름에 담긴 좋은 의미를 알고 나면 자신을 더 소중한 존재로 받아들이게 된다. 그래서 첫날에는 이름을 강조한다. 이름에 대한 기본적인 것을 나눈 다음 '이름 3행시'를 짓는다. 내 이름으로 3행시 짓기는 어려워하면서도 재미있어한다. 친구들에게 자기를 알리는 방법이기도 하기에 활발하게 참여한다.

이어서 '네임 텐트'를 한다. 준비물은 A4 한 장이면 된다. 텐트 모양으로 접은 다음 중앙에 이름을 쓴다. 그리고 네 귀퉁이를 활용하여 아이들을 이해하는데 필요한 질문을 한다. 좋아하는 계절이나 음식, 노래, 가수 등을 윗부분에 쓰도록 한다. 아래에는 버리고 싶은 습관과 키우고 싶은 습관을 쓰게 한다. 단순하고 가벼운 질문을 해야 아이들이 버거워하지 않는다. 습관 관련 질문은 아이를 이해하는 데 도움이 되기에 꼭 묻는다. 핸드폰 오래 보는 것, 게임 많이 하는 것, 다리 떠는 것, 할 일 미루는 것, 손톱 뜯는 습관 등을 고치겠다고 말하는 아이들이 많다. 고쳐야 할 모습을 정확하게 알고 있다. 키우고 싶은 습관은 일찍 일어나기, 공부하기, 책 읽기, 수업 시간에 집중하기, 숙제 미리 하기 등이 주로 나온다. 아이들은 자신의 성장과 발전을 위해 그만해야 하는 것과 해야 할 일에 대해 분명히 알고 있다는 뜻이다. 하지만 부모나 교사는 불안하고 걱정

되는 마음에 잔소리를 계속하게 된다. 믿고 기다리면 아이들은 좋은 습관을 키우면서 삶의 방향을 찾으리라고 믿는다.

이렇게 알게 된 아이들의 속마음을 3월 학부모총회 때 참석하는 학부모들에게 넌지시 알려준다. 잔소리보다 칭찬이 훨씬 효과적이라고 덧붙인다. 네임 텐트는 열흘가량 책상 위에 세워 두었다가 교실 뒤 게시판에 붙인다. 한눈에 아이들을 파악할 수 있고 지도 방향을 섬세하게 잡을 수 있어 활용도가 높다.

내 이름은 '우승자' 다. 특이한 이름 덕분에 학창 시절에는 에피소드가 많아 즐겁기도 하고 힘들기도 했다. 놀림도 어지간히 당했다. 특히 '패배자' 라고 부르며 약을 올리는 친구들이 많았다. "뭘 이겼는데?" 하는 질문도 받았다. '우승자가 있으니 당연히 이기겠네' 라는 말도 자주 들었다. 선생님 중에도 내 이름으로 공공연하게 놀린 분이 있다. 고등학교 1학년 때 수학 선생님이다. 40년 넘는 세월이 흘러도 어제처럼 생생하게 기억난다. 교실에 들어오면 수업 전에 칠판 귀퉁이에 신부 우승자, 신랑 이○○이라고 적었다. 그리고 자식 이름은 '이겼다, 이겨라, 이겼니' 로 지으라고 했다. 어떤 날은 신랑 최○○으로 쓰고 '최고래, 최고야, 최고다'로 적어 놓았다. 그 시간이 싫었지만, 인생의 우승을 거머쥐는 멋진 내 모습을 상상해보기도 했다. 덕분에 전교생은 내 이름 석 자를 정확히 기억했다.

이름에 대해 고민하고 관심을 두게 된 건 그때부터인 듯하다. 아들만 돌림자를 쓰는 집도 있는데 우리 집 3남 3녀의 이름 가운데는 '승'이다. 막내인 나는 흔한 '자'를 붙이다 보니 내 이름은 '우승자'가 되었다. 이름값 해야 한다는 생각, 우승해야 한다는 부담을 안고 생활했다. 이름을 바꾸고 싶다는 생각도 했지만, 보란 듯이 이름값 하면서 멋지게 살고 싶은 마음도 있었다. 어떻게 해야 이름값을 하는 건지에 대해 고민도 했지만, 정답은 몰랐다. 내 이름 세 글자는 나의 과제였다.

내 이름을 좋아하고 받아들인 건 교사가 되면서부터다. 한 번만 들으면 아이들은 바로 기억했다. 이름만으로도 아이들과의 거리가 좁혀지고 친해질 수 있었다. 이름으로 아이들이 지어준 별칭은 '챔프'다. 나는 이 별칭이 좋다. 내가 만나는 아이들에게 희망과 용기를 주는 챔프, 힘들 때는 언제든 찾을 수 있는 챔프, 아이들의 좋은 친구가 되기로 마음먹었다. 별칭은 나에게 좋은 기운과 새로운 에너지를 주었다.

2012년, 교육부에서 주관하는 어울림 학교폭력 예방 프로그램에 참여하게 되었다. 내가 맡은 분야는 자기 존중감 중학교 학생용이었다. 아이들과의 첫 만남을 떠 올리며 주저하지 않고 '내 이름에 대하여' 라는 의미 있는 프로그램을 개발했다. 두 차례의 개정과정을 거듭하면서 프로그램은 더 정교해졌다. 원격연수 콘텐츠 개발로도 이어져 교육계에 나름 하나의 획을 긋기도 했다.

아이들은 자기 이름 불러 주는 것을 좋아한다. 서로의 이름을 부르면서 친해진다. 관심사가 비슷한 아이들끼리 더 가까워진다. 성격이나 음식 취향 등 서로를 알아간다. 서서히 단정한 질서가 생기고 우리 반만의 문화가 만들어진다. 배려하고 소통하는 작은 시작이 점점 단단한 결속력으로 이어진다. 그 결속력은 '우리' 라는 견고한 성을 만든다.

　　"그는 나에게로 와서 꽃이 되었다."

이 시를 읽을 때마다 내 가슴에 꽃으로 피어있는 제자들이 떠오른다. 나에게로 와서 꽃이 된 수많은 제자를 생각하면 가슴 벅차고 기분 좋다. 새로운 아이들을 만날 때마다 어떤 꽃으로 피어날지, 어떤 의미 있는 존재가 될지 기대되고 설렌다. 마음 밭에 '행복'이라는 꽃을 심는 순간 교사의 소망도 아름답게 피어난다.

새 학년이 되면 아이들 못지않게 담임교사도 어떤 학생들을 만나게 될지 긴장하고 기대한다. 일 년을 함께 살아가야 할 첫 만남은 우리 모두에게 몹시 중요한 시간임이 틀림없다. 서로의 이름을 불러 주며 서로에게 깃들어 갈 한 해의 시작은 설렘, 그 자체다. 부디 그 설렘이 오래 이어지기를 소망한다.

날마다 소통하는 나눔터

소통하며 살아가는 학급을 꿈꾸며 나눔터를 시작했다. 나눔터는 '학생들이 하는 종례'로 학급 운영에 아이들이 직접 참여하는 의미를 지닌다. 학급공동체의 의미와 역할에 대해 배우는 열린 공간이기도 하다. 이런 기회와 시간은 건전하고 건강한 사회인으로 성장하도록 영향을 준다. 종례 시간을 통해 담임이 전달해야 할 일이 수두룩하다. 하지만 나눔터를 하면서 종례는 반드시 교사가 해야 한다는 고정관념에서 벗어났다. 아이들에게 종례 시간을 넘긴다는 게 처음에는 쉽지 않았다. 2012년, 일단 아이들을 믿고 시작해봤다. 막상 시작해 보니 염려는 쓸데없는 걱정이었다. 번호순서대로 하루에 한 명씩 나눔터의 주인공이 된 학생은, 그날 교실에서 있었던

일을 적고 발표한다. 3월에는 다소 어려워하지만 금세 적응한
다. 오히려 나눔터 하는 날을 손꼽아 기다린다.

"오늘 누구 차례야?"
"오늘의 인물은 누구지?"
종례 시간이면 주고받는 말들이다. 시간이 흐르면서 아이들
사이에는 일정한 규칙과 질서가 생긴다. 조용히 앉아서 발표
를 듣는다. 친구들이 하는 종례 한마디도 놓치지 않으려고 집
중하여 듣는 모습이 예쁘다. 집에 가고 싶어서 빨리 끝나기만
을 기다리는 시간이 아니다. 오늘 학교에서 있었던 일들을 함
께 돌아본다. 아무 효과도 없는, 하지 않아도 될 잔소리를 인
상 쓰면서 하던 날은 저만치 떠나갔다. 이보다 더 좋을 수가!

나눔터는 담임선생님 말씀, 교과 선생님 말씀, 오늘의 인물,
나는 이런 사람이다. 등으로 구성되어 있다.
담임의 일방적인 전달이나 잔소리폭격 대신 아이들의 생생한
목소리가 꿈틀거린다. 교과 시간에 어떤 일이 있었는지 알 수
있고, 인상 깊은 이야기나 중요한 수업내용을 한 번 더 확인할

수 있다. 수행평가 내용이나 날짜, 준비물도 짚어본다. 이 시간을 잘 활용하면 민주적 학급경영에 도움이 된다.

나눔터의 묘미는 '오늘의 인물'이다. 아이들이 가장 기대하는 코너이고 활용도가 높다. 하루 중 가장 기억에 남는 한 명을 선정하고 그 이유를 쓴다. 그날 나눔터를 맡은 학생이 힘(?)을 발휘하는 시간이다. 기준은 친구들을 즐겁게 하거나 엉뚱한 짓으로 웃음을 준 친구, 남몰래 선행한 친구, 수업 시간에 발표 잘한 친구 등이다. 생각보다 엄격하게 정하고 이유가 타당하여 모두 고개를 끄덕인다. 더러 친한 친구를 적기도 하지만 애교로 넘길 수 있다. 뽑힌 친구는 교실 벽에 이름과 선정이유를 적어서 붙인다. 그리고 '짱 박수'를 보낸다. 열심히 학교 생활한 것을 칭찬해 주는 의미다. 짱 박수란 이름 뒤에 짱을 붙여 힘찬 박수와 함께 축하해 준다. 예를 들어 김민서학생일 경우 '김(짝) 민(짝) 서(짝) 짱(짝), 김민(짝짝), 서짱(짝짝), 김민서짱(짝짝짝짝)' 단순하면서도 중독성이 강하다. 친구들의 짱 박수, 담임과 부모의 칭찬을 받은 아이는 그 맛을 알기에 또 뽑히기 위해 노력한다. 선순환이 이루어진다. 칭찬 내용은 자녀의 학교생활을 엿볼 수 있도록 부모와 공유한다. 자연스럽게 부모와의 소통으로도 이어진다.

오늘의 인물은 우리 반만의 독특한 문화가 되어 학급경영의 중요한 축으로 자리 잡았다. 게다가 열 번 뽑히면 '명예의 전당'에 당당하게 이름을 올린다. 그야말로 자랑스러운 이름이 된다. 어깨가 으쓱해지면서 모범이 되기 위해 더욱 노력한다. 마지막으로 '나는 이런 사람이다.'로 이어진다. 한 가지 주제를 정해서 자기 이야기를 들려주는 활동이다. 우리 가족 소개를 기본으로 시작한다. 가족 구성원을 비롯하여 가훈이나 식구들 이야기를 들려준다. 마지막 번호까지 한 바퀴 돌고 나면 존경하는 인물, 나의 이상형, 가보고 싶은 나라, 내 친구 소개하기 등을 주제로 한다. 아이들의 의견을 받는 것이 적극적인 참여를 유도하는 방법이다. 이 코너를 통해 서로에 대해 새롭게 알게 되고 관심을 가진다. 발표력 향상은 덤이다. 이렇게 나눔터를 하는 데 걸리는 시간은 길지 않다. 5분이면 충분하다. 빨리 끝나고 집에 가기를 원하는 아이들 욕구가 충족되고도 남는다.

초임 시절에는 일방적인 교사 중심 종례 시간이었다. 아이들이 사고 치거나, 싸우는 등 행동이 개선되지 않을 때는 "오늘 종례 1시간이야, 집에 못 가"하면서 협박성 발언도 서슴없이 뱉었다. 수업 시간에 떠들거나, 숙제를 안 해올 때도 야단만 쳤다. 솔직히 방법을 몰랐다. 다그치면 되는 줄 알았다. 무섭게 화를 내거나 똑바로 하라고 훈계하면 나아질 줄 알았다. 어림없었다. 칭찬은 고래도 춤추게 한다는 말이 있지 않은가, 나그네의 모자를 벗기는 건 강렬한 바람이 아니라 조용히 비추는 햇빛이다. 고민하고 방법을 찾다가 만난 나눔터는 학급경영에 있어 중요한 길잡이가 되었다. 힘들이지 않으면서도 아이들의 하루를 더 가까이에서 만날 수 있기 때문이다.

학생들은 하루 중 대부분을 교실 안에서 보낸다. 긴 시간 머무는 공간에서 어떻게 생활하느냐는 매우 중요하다. 친구들의 좋은 모습은 서로에게 거울이 될 뿐 아니라 자극이 되어 동기부여가 되기도 한다. 나눔터에 참여하면 공동체의 진정한 의미를 알게 된다.

수년간 '나눔터'를 해 오면서 유익했던 부분 즉, 학급경영에 도움이 되었던 부분들을 정리해 본다.

첫째, 학급 운영에 직접 참여하면서 자기 주도적인 힘을 기를 수 있다. 학생들이 그날의 학급 이야기를 기록하면서 소속감이 강해진다. 더불어 구성원으로서 책임과 의무를 다하는 태도를 배운다. 서로 배려하고 나누는 학급공동체의 진정한 의미를 깨닫고 자기 자신을 더 사랑하게 된다.

둘째, 학생과 학생, 담임교사와 학생이 서로 대화하고 소통하는 통로가 된다. 수업 시간이나 쉬는 시간 등 학급에서 일어난 크고 작은 일들을 공유하면서 서로에 대한 거리감은 좁혀지고 친밀감이 강화된다.

셋째, 나눔터를 발표하는 주인공이 되는 날은 학급 전체를 파악하는 안목이 생긴다. 친한 친구의 울타리에서 벗어나 다른 친구들은 어떤 모습으로 학교생활을 하는지 관찰한다. 오늘의 인물을 뽑기 위해 친구의 선행을 찾거나 평소 간과했던 부분을 살피는 힘이 길러진다.

넷째, '오늘의 인물'을 통하여 학생들의 인성교육에 도움이 된다. 또한 가정과 협력할 수 있는 계기가 된다. 교사는 상담 및 생활기록부 자료로 활용할 수 있다. 학생들은 자신의 하루를 돌아보는 시간이 된다.

다섯째, '나는 이런 사람이다'의 다양한 주제를 통해 자신을 친구들에게 알리는 기회가 된다. 서로를 탐색하는 중요한 시기인 만큼 관계 맺기에 도움을 준다. 또한, 발표를 통해 자신감도 향상된다.

이런 측면에서 나눔터를 통한 학급 운영은 선택이 아니라 필수라고 해도 과언이 아니다. 나눔터 활성화를 위해서는 담임교사의 적절한 지도와 관심이 중요하다. 학생의 긍정적인 변화를 위해서는 교사의 열정과 사랑이 절대적이기 때문이다. 중학교 시절은 진로, 이성, 학습 문제 등으로 고민과 갈등이 많은 시기다. 자신의 문제를 어떻게 풀어나가야 할지 몰라서 힘겨워하는 때이기도 하다. 해법을 찾는 아이들에게 '나눔터'는 인성교육과 긍정적인 학교생활을 돕는 매개체 역할을 할 수 있다. 시작을 두려워하는 교사가 많다. 아이들을 믿고 기회를 주면 된다. 지루한 일상, 반복되는 종례에서 벗어나고 싶다면 '지금' 시작하면 된다. 참된 소통, 진정성이 담긴 학급경영, 용기 있는 교사의 탁월한 선택이다.

03
....

배움 일기로 매일 성장하기

"오늘 하루도 밝고 즐겁게, 그리고 열심히!"

우리 반 아이들이 매일 쓰는 학습플래너 '배움 일기'에 적혀있는 글이다. 알차고 즐거운 학교생활을 하기 바라는 마음으로 시작했다. 배움 일기란 수업내용의 핵심을 정리하는 일이다. 시간을 효율적으로 사용하고 혼자서도 공부를 잘할 수 있는 첫걸음이 되는 플래너는 종류도 많고 양식도 여러 가지다. 디자인도 기능별로 점점 다양해지고 있다. 일별, 주 단위, 월별단위가 대표적이다. 우리 반 아이들은 일일 양식을 사용한다. 아침마다 그날의 플래너인 배움 일기를 받고 하루를 기록한다.

아이들에게 배움 일기를 써야 하는 구체적인 근거로 '에빙하우스의 망각곡선' 을 설명한다. 효과적인 공부 방법을 가르치기 위해서다. 사람은 대부분 배우고 돌아서면 잊어버린다. 빠르게 감소하는 기억을 장기기억으로 보존하는 방법을 제시한다. 망각곡선 이론에서는 반복을 중요시한다. 배운 후 10분 동안 복습하는 1차, 하루 뒤의 2차, 일주일 뒤의 3차, 한 달 후의 4차 복습이 있다. 그중에서 배움 일기는 수업 직후에 하는 1차 복습에 해당한다. 쉬는 시간 일부를 이용하는 것이다.

복습, 반복의 힘은 직접 겪어보면 두말할 필요가 없다. 반복 학습 효과를 콩나물 키우는 것에 비유한다. 물이 쭉 빠져버리는 듯 보이지만 콩나물은 필요한 양분을 흡수하여 놀라보게 쑥 자란다. 배움 일기를 매일 쓰면서 우리 아이들도 콩나물 자라듯 몸도 마음도 쑥쑥 자라나기 시작했다.

2010년부터 행복한 교육 실천 모임에서 활동했다. 이때 학습 플래너의 제작과 활용에 관심 두고 참여했다. 우리 모임에서는 학기마다 사용한 학생들의 의견을 받아들였다. 수정에 수정을 거듭하면서 사용하기 알맞게 만들어갔다. 그것을 학습플래너 징검다리라고 했고 전국의 많은 학생이 사용하기에 이르 렀다. 방학용으로 여름은 소나기, 겨울에는 눈사람을 제작하여 보급하고 있다. 기록하는 좋은 습관을 키워주기 위해 행복한 교육 실천 모임 선생님들은 열정적이었다. 나는 플래너를 좀 더 사용하기 쉽게 쓸 수 있도록 수정하여 '배움 일기' 라고 불렀다. 지금까지 우리 반은 내가 변형한 것을 사용한다.

배움 일기는 3월, 새 학년 첫날부터 시작한다. 귀찮아하고 번거롭게 생각하는 아이들을 설득했다. 막상 지도하다 보면 어렵고 힘든 고비가 온다. 대충 쓰는 아이들. 마지못해 억지로 쓰는 아이들. 글씨를 휘갈기는 아이들도 있다. 으름장을 놓기도 하고, 달래기도 하고, 적절한 보상으로 동기부여도 한다. 그러면서 조금씩 나아지기도 하고, 안타깝지만 여전히 제자리걸음인 경우도 있다. 그런가 하면 매시간을 완벽하게 정리하면서 하루하루가 다르게 성장하는 아이들도 있다. 그날 무엇을 배우고 학교에서 어떤 일이 있었는지 한눈에 볼 수 있다. 특히 보민이는 배움 일기 쓰는 일이 재미있고 학교생활에 많은 도움이 된다고 한다. 덕분에 필기도 잘하게 되고 수업에 집중하는 힘이 생겼다고 한다. 글씨체가 단정해진 건 덤이다.

중학교 수업 시간은 45분, 쉬는 시간이 10분이다. 쉬는 시간은 노는 시간이 아니다. 쉬는 시간 10분은 물을 마시거나 화장실 다녀오기, 다음 수업 준비를 하는 시간이다. 이때 앞 시간에 배운 내용을 복습하라고 지도한다. 잠깐이면 된다. 단원 제목과 중요한 키워드를 쓰는 것이다. 짧게라도 수업내용의 핵심을 적으며 정리하는 것이 바로 배움 일기다. 자투리 시간을 이용해서 1차 복습을 하는 것이 단기기억을 장기기억으로 끌어올리는 첫 문턱이다. 쉬는 시간과 노는 시간을 분별할 줄 아는 힘, 쉬는 시간 10분을 알뜰하게 활용하는 방법을 익힐 수 있다. 매일 매시간 꾸준하게 반복하는 것이 중요하다. 반복하는 습관은 아이들을 점차 변화할 수 있게 도와준다.

배움 일기를 쓰는 데 몇 가지 규칙을 지킬 것을 당부한다. 먼저, 배운 내용의 핵심 키워드를 그림이나 마인드맵으로 요약하기다. 내용을 그대로 쓰기보다 자신의 언어로 표현하는 연습을 위해서다. 그리고 수업 중에는 교과 선생님 말씀에 집중하고, 쉬는 시간에 기록하기로 한다. 또 수업 대신 수행평가를 보거나 독서를 하는 경우는 관련 내용을 기록한다.

이러한 규칙을 잘 지키는 학생은 놀라운 열매를 맺는다. 배움 일기를 통한 성장 여부는 단연코 담임의 의지에 달려있다. 담임의 정성과 노력이 절대적이다. 오랫동안 지도하면서 터득한 나만의 비법이 있다.

첫째, 교사 피드백이 필수다. 매일 해야 한다. 단순한 방법으로 스티커 개수를 달리한다. 상중하 수준에 따라 세 개, 두 개, 한 개를 붙인다. 스티커 세 개 받은 친구를 보면서 너도나도 따라 한다. 별것 아닌 것 같은데 효과는 크다. 선의의 경쟁이 자연스럽게 이어진다.

둘째, 학생 스스로 하는 자기평가다. 한 달 단위로 실시한다. 자신의 발전을 살펴보는 시간이다. 내용 요약이 어떻게 좋아지고 있는지, 글씨는 얼마나 나아지고 있는지 자기평가를 하는 시간을 가진다. 자신의 학교생활이 한눈에 드러난다. 매월 이런 시간을 마주하다 보면 점점 좋아질 수밖에 없다.

셋째, 검사하는 시간이다. 바쁜 업무도 많은데 일부러 시간을 내서 하면 금방 지쳐버린다. 종례 후 아이들이 교실 청소할 때를 활용하면 딱 좋다. 10분 정도면 충분하다.

우리 반의 성장과 변화를 지켜본 동료 교사 중에 배움 일기 효과를 보고 뒤늦게라도 시도하는 경우가 있다. 배움 일기 양식과 운영 방법을 고스란히 공유한다. 시작이 반이고 곧 자신만의 방법을 찾아간다.

언제부터인가 공책에 필기하지 않는 교과가 많아졌다. 대신 내용 정리가 된 학습지가 제공된다. 필기구를 이용하여 공책에 자신의 필체로 글씨를 쓰는 일은 중요하다. 쓰는 일은 뇌를 활발하게 움직이게 한다는 연구 결과도 있다. 학습지에 익숙해진 아이들은 점점 쓰는 일을 귀찮아한다. 그래서 더더욱 나는 적어야 산다는 '적자생존'을 강조한다. 기록하다 보면 자신이 변화되고, 성장하는 것을 서서히 체험한다. 기록은 인간을 변화시키는 힘이며 자신과의 대화라는 말을 믿는다. 날마다 자극을 주며 파이팅을 외치는 것은 교사의 몫이다.

세 살 버릇 여든까지 간다. 좋은 습관을 만드는 일은 중요하다. 오랫동안 되풀이하다 보면 행동으로 드러난다. 무식할 정도로 반복하고 또 반복하면 어느 순간 습관으로 자리 잡는다. 1년 동안 쌓아 올린 기록의 결과를 보며 뿌듯해하는 아이들이 많다. 기록하는 습관이 생겼다고 좋아하는 아이들도 있다. 그

때마다 나는 쾌재를 부른다. 반복의 효과를 확신하게 된다. 이
것이 내가 배움 일기를 고집하는 이유다.

주말 미션, 이번 주에는 무엇을 할까?

"얘들아! 이번 주는 어떤 주제 하고 싶어?"

"체육대회요~ 맛있는 주말 다시 해요~ 친구 이야기해요~"

우리 반은 주말마다 학급 단체 SNS를 통해 서로의 생각을 나눈다. 긍정적으로 소통하기 위해 해마다 하고 있다. 스마트 폰 사용이 많아지면서 시작한 학급 활동이다. 반응이 뜨겁다. 처음에는 참여율이나 호응도가 저조하면 어쩌나 조바심이 들었다. 막상 시작하고 나니 괜한 걱정이었다. 지금은 다양하고 재미있는 주제로 모두 즐기는 시간이 되었다.

주 5일제 수업이 학교에서 본격적으로 시행된 건 2012년이다. 이때부터 '불금'이라는 단어가 퍼져나갔다. 언론에서도 이 신

조어를 쓰면서 한층 친숙해졌다. 금요일은 교사와 아이들 모두 신난다. 아침부터 아이들 표정이 밝다. 일주일 동안 열심히 학교생활하고 공부했으니 주말은 쉬면서 충전한다. 하지만, 휴일에도 학원 가는 아이들이 꽤 많다. 학교만 벗어날 뿐 학업은 이어진다. 이런 상황에서 주말까지 학교 분위기를 이어가는 것이 옳은 일인지 고민이었다. 아이들과 뭔가 해보고 싶다는 생각이 떠오르면 나는 주저 없이 시도한다. 주말 미션을 툭 던져보았다. 반응은 기대 이상이었다. 학급 단체 SNS의 덕을 톡톡히 보았다. 스마트 폰이 단점만 있는 것은 아니다. 잘 활용하면 든든한 학습 도구가 된다.

주말 미션이 자리매김하기 위해서는 주제선정이 핵심이다. 아이들이 즐겁고 쉽게 참여할 수 있어야 한다. 지나치게 가볍거나 무겁지 않은 주제를 찾고 정하는 과정이 필요하다. 어떤 주제냐에 따라 정규교육과정에서 다루지 못하는 부분까지 다가갈 수 있기 때문이다. 아이들 관심사에 초점을 두는 것이 중요하다. 그러기 위해서는 아이들 의견이 먼저다. 설문으로 몇 가지 주제를 받아 놓고 원하는 것을 투표하는 방법도 좋았다. 이런 과정에서 관심 두고 있는 분야나 궁금한 것이 무엇인지를 알게 된다. 충분히 공감하면서도 시기에 맞는 적확한 주제가 좋다.

잘 어울리지 못하는 아이들을 보면 이런저런 생각이 든다. '왜 혼자 놀지? 친구들의 기분이나 감정은 전혀 모르는 걸까? 어떻게 하면 달라질 수 있을까……' 이런 나의 고민을 해결하는 데 우리 반 주말 미션은 큰 몫을 했다. 서로의 취향과 관심사를 알게 되기 때문이다. 끼리끼리 어울리는 모습이 줄어들고 교우관계 폭이 넓어진다. 대인관계 출발은 관심이다. 다른 친구는 어떤 일이 있었는지, 무슨 생각 하는지 나눌 수 있다면 더 멋지게 성장할 수 있다. 주말 미션은 다양한 주제로 서로 의견을 나누고 들어보는 계기가 된다. 또래 관계에서 사회성을 배우고 성장하는 기회이기도 하다.

가장 인상적인 주말 미션은 '스마트 폰 단식'이다. 방법은 금요일 저녁 8시부터 일요일 저녁 8시까지 48시간 중 스스로 단식할 시간을 결정한다. 부모님께 스마트 폰을 맡기고 꼭 사용해야 할 시간에 받아서 하는 것으로 했다. 끝나는 시간에 부모들은 단체 SNS에 자녀의 단식 시간을 기록한다. 아이들은 우리 반 단체방에 소감을 나누었다. 스마트 폰이 생활 일부가 되어있어 단식이 행여 부작용이라도 있을까 봐 조심스러웠다. 결과는 의외였다. 48시간 전체를 단식한 아이들도 꽤 많았다. 대부분 40시간 이상 스스로 멈추었다. 필요한 시간만 사용하는 모습이었다. 아이들 소감에서 효과는 증명되었다.

"습관적으로 스마트 폰을 들여다보다가 멀리하니 머리가 맑다, 잠을 깊이 잘 수 있었다, 생각보다 많이 한다는 것을 알았다, 다양한 놀이를 했다, 너무 많은 정보를 접하면서 피곤했는데 평온했다, 가족과 대화를 많이 할 수 있었다, 눈의 피로가 풀린 것 같다, 엄청 힘들 줄 알았는데 생각보다 괜찮았다, 내가 마음만 먹으면 단식할 수 있다는 것을 알았다, 나 혼자만의 일과 취미를 즐길 수 있었다, 시간이 훨씬 늘어난 것 같았다, 뿌듯하다." 등의 반응이었다.

주말 미션으로 함께하니 앞다투어 단식 시간을 늘려 간다. 하기 싫은 것도 미션을 주니 즐거워했다. 스마트 폰 사용으로 자녀와 갈등을 빚고 있는 부모들이 가장 좋아했다. 매월 마지막 주말은 우리 반 '스마트 폰 단식일' 이다.

지금까지 했던 주말 미션 주제들

새 학년이 되어서 나의 다짐	체육대회에서 좋았던 것	한 학기 돌아보기
친구에게 부탁하고 싶은 말	자연물로 예쁜 말 5글자 만들기	나만의 챌린지 정하기
봄꽃 만나기	맛있는 주말	2학기 나의 각오
부모님 발 씻어 드리기	공중 부양 사진 찍기	부모님 인터뷰하기
선생님께 편지쓰기	열심히 공부하는 모습 자랑하기	우리 집 추석 명절 풍경
스마트 폰 단식하기	부모님 일손 도와드리기	내친소(내 친구 소개하기)
나의 한글 이야기	가을 만나기	나의 보물 소개하기

나는 꽃을 좋아한다. 계절마다 향기롭게 피어나는 꽃을 보면서 자연의 이치를 느낀다. 봄 아지랑이와 더불어 훌쩍 여행을 떠나기도 한다. 봄나들이에서 만나는 꽃들을 보면 어김없이 우리 반 아이들이 생각난다. 특히 선암사의 '600년 된 고매화' 앞에서 느낀 전율은 지금도 나를 떨리게 한다. 내가 보고 즐기는 꽃들의 향연을 아이들도 느끼면 얼마나 좋을까. '봄꽃

만나기' 주말 미션은 그렇게 탄생했다. 사계절 피고 지는 꽃마다 의미 있고 아름답다. 봄의 매화, 여름 해바라기, 가을 들국화, 겨울 동백처럼 우리 아이들도 꽃처럼 제 빛깔로 피어나기를 바란다.

올해는 주말 미션 효과를 높이기 위해 적절한 보상을 시도했다. 이 부분이 해마다 고민되고 어려웠지만, 시상제도를 도입했다. 보상은 학용품이나 간단한 먹거리이고 담임이 준비해야 한다. 심사위원은 학생 두 명과 담임이다. 심사위원이 하는 일은 공감을 많이 얻고 열심히 한 친구 3명을 뽑는 일이다. 미션이 마감되는 일요일 저녁 8시에 온라인으로 모여서 의논한다. 1, 2, 3차 심사를 거쳐서 3개의 우수작품을 뽑는다. 아이들 안목도 높아지고 공정성이 길러진다. 막상 해보니 이 과정에서 배우는 것이 많았다. 친구들의 활동을 더 자세히 알게 된다. 친구에게 관심 가지게 된다. 우수작품을 보면서 자극받는다. 등의 반응이다. 나 역시 아이들 생각을 더 깊게 알게 되어 좋다. 올해는 어느 해보다 활발하게 이어지고 있다. 단 한 명도 빠지지 않는다. 놀라울 따름이다. 주말 미션의 성공비결은 3가지다. 모두가 공감하는 관심 주제 정하기, 왜 하는가? 에 대한 담임의 철학, 소소한 보상제도가 그것이다.

요즘은 어른이나 아이나 스마트 폰을 손에서 놓지 않는다. 유튜브나 웹툰 보기, 게임 즐기기 등 생활의 일부가 된 지 오래다. 손안에서 만나는 세상은 편리하다. 하지만 이대로 가도 괜찮을까? 라는 생각이 들 정도로 위험해 보이는 유튜브 먹방도 있다. 유익한 것을 선택하는 힘이 필요하다. 스스로 멈출 수 있어야 한다. 일상에서 실천하기는 쉽지 않다. 하지만 기꺼이 '불편'을 선택했을 때 비로소 변화가 시작되고 성장으로 이어질 수 있으리라 믿는다. 나도, 오늘 하루 스마트 폰 단식이다.

매월 함께하는 집단상담

"언제 또 해요? 더 하고 싶어요."

"재미있어요. 학원 안 가도 돼요. 계속해요."

집단상담하면서 제일 많이 듣는 말이다. 힘들지만 계속하는 원동력이기도 하다. 아이들은 대부분 집단상담 경험이 없다. 그래서인지 처음에는 경계심을 잔뜩 품는다. 방과 후 학교에 남아야 하는 게 싫은 눈치다. 하지만, 준비된 프로그램이 다 함께 즐기는 '놀이' 라는 것을 알아차리고 금세 빠져든다.

학교에는 전문상담교사가 있다. 2005년 교육지원청에 전문 상담 순회 교사를 배치하기 시작했다. 그리고 2007년에 전국 학교로 확대되었다. 학교 현장에서 학생들의 정신건강과 복지를 통한 인성교육을 담당하게 된 것이다. 학생들의 어려움을 도와주고 해결해주기 위해 다양한 영역에 걸쳐 개인 상담이나 집단상담을 한다. 학교 부적응도 막고 일탈을 예방하는 중요한 역할을 하고 있다. 요즘은 전문상담교사뿐 아니라 담임교사들도 상담 관련 연수를 받거나 대학원에서 상담역량을 길러 학생들을 돕는다. 국가 차원에서 시작하여 교육지원청을 거쳐 단위 학교로 기까지는 시간이 꽤 걸렸다. 전문상담교사의 역할도 중요하지만, 나는 담임교사가 그 역할을 했을 때 아이들에게 미치는 효과가 크다는 것을 알았다. 고되고 힘들지만, 멈추지 않고 아이들과 집단상담 활동을 해 온 이유다.

처음 교단에 섰을 때 아이들과 잘 지내고 싶은 마음은 굴뚝같은데 어찌해야 할지 막막했다. 교과를 가르치는 일은 대학에서도 배웠고 교사용 지도자료도 많았다. 밤을 새워서라도 공부하고 연구해서 가르칠 수 있었다. 하지만 아이들과 어떻게 잘 지내야 하는지는 아무도 알려주지 않았고 지침서도 없었다. 다만 선배 교사들의 무섭고 따끔한(?) 충고만 있을 뿐이었다.

"아이들에게 우습게 보이면 안 된다."

"이빨 보이지 마라."

"웃는 얼굴 보이면 애들이 덤빈다."

"기선제압 못 하면 1년 개고생이다."

서점에 가서 책을 찾았다. 연두색으로 된 두툼한 《학급경영》이라는 책을 만났다. 첫 페이지부터 읽으면서 바로바로 적용했다. 어설프고 낯설었지만 시도하면서 더 좋은 방법을 찾아 나갔다. 선배들의 말만 믿고 책을 찾아볼 생각도 하지 않았다면 어땠을까. 생각만 해도 아찔하다.

그때 처음 시도한 게 '별칭 짓기'라는 프로그램이었다. 아이들은 이름에 들어있는 글자 하나로 재미 삼아 별명을 짓는다. 아이의 특성에 따라 여러 개의 별명이 있기도 하다. 별명과 별칭은 분명히 다르다. 별명은 남들이 이름 외에 놀리거나 편하게 부르는 호칭이지만, '별칭'은 자신이 불리고 싶은 이름을 스스로 정한다. 자신의 정체성을 담아 불리고 싶은 이름을 지어보는 것이라 의미 있다. 아이들은 다양하게 자신의 별칭을 지었다. 나의 영원한 별칭은 '챔프'다. 첫해 만난 아이들이 지어 준 이름이다. 그 당시 실베스터 스탤론이 주연한 '챔피언'이라는 영화가 있었다. 아이들은 그 영화와 나의 이름에서 '챔프'라는 별칭을 지어 주었고 지금까지 쓰고 있다. 챔프라고 불릴 때마다 기분 좋다. 아이들의 챔프로 살기 시작했다. 아이들은 저마다 마음속에 품은 소망을 찾고 꺼내서 자신의 소중한 별칭을 지었다.

요즘 기업이나 단체에서는 자기 이름 외에 불리고 싶은 별칭으로 사원증을 만든다. 빈센조, 루리, 늘봄, 나무 등으로 부르며 소통하는 모습이 신선했다. 별칭 짓기 프로그램은 꽤 오랫동안 집단상담의 주메뉴였다. 이름은 가장 기본적인 소통창구가 되기 때문이다.

학생들의 전인적인 발달을 도와주는 일은 담임의 매력 중 하나다. 천방지축이었던 아이들이 또래들과 어울려 생활하면서 서서히 질서가 생기고 성장해 간다. 아늑한 공간이 된 '우리 반'은 아이들의 특별한 장소가 된다. 코로나로 인해 입학과 개학이 늦어졌던 2020년 3월. 그 아찔했던 기억이 생생하다. 학생들은 학교에 안 간다는 사실만으로 마냥 좋아했다. 교사들은 걱정과 더불어 대책 찾기에 바빴다. 아침저녁으로 쏟아지는 공문을 파악하고 따라야 했다. 수시로 바뀌는 지침에 촉각을 곤두세우고 있었다.

교육부에서 1차, 2차, 3차 등교 연기발표가 있을 때마다 교무실의 긴장감은 더해졌다. 아이들이 학교 나올 때보다 더 분주했다. 오전에는 온라인 수업에 대비하기 위해 새로운 기기를 접하고 기능을 익혀나갔다. 컴퓨터 학원을 방불케 했다. 비대면 수업에 따른 새로운 수업방식이 필요했기 때문이다. 수업 영상을 만들기 위해 교과마다 협의를 거듭하고 좋은 방법을 모색했다. 오후가 되면 학생들이 그날 해야 할 일을 제대로 했는지 확인하고 지도하느라 전화통을 붙들며 씨름했다. 한마디로 오전은 컴퓨터 학원, 오후에는 콜센터 수준이었다. 기약 없는 팬데믹은 그저 막막하기만 했다. 아이들 소리로 가득 차 있어야 할 교실은 텅 비었다. 적막이 감도는 빈 교실을 보면서 하루빨리 코로나가 종식되기만을 염원했다.

학교에 안 가는 상황이 아니라 못 가는 상황은 4월 중순까지 이어졌다. 아이들이 드디어 언제 학교 갈 수 있냐 하면서 애를 태웠다. 학교가 공부만 하는 장소가 아니라 친구를 만나는 일이 얼마나 중요한지 깨닫기 시작했다. '학교 왜 다니는지 모르겠다, 학교가 없어지면 좋겠다, 학교 가기 싫다.' 라는 말을 했던 아이들인데 말이다. 학교의 소중함을 알게 되었으니 다행이다. 혼자 집에서 시간을 보내는 일에 한계를 느낀 건 아이들뿐 아니라 부모들도 마찬가지였다. 교육 주체인 학생, 학부모, 교사 모두 학교에서 대인관계를 배워야 한다는 부분에 공감했다. 나 역시 '아이들 없는 학교' 는 의미가 없다는 것을 새삼 느꼈다. 학년별로 등교할 수 있는 날은 교육부 지침에 따라 달랐다. 코로나 확산이 심해지면 아예 오지 못할 때도 있었다. 원격으로 온라인 수업하다가 등교하는 날에 하는 집단상담 몰입도는 최고조였다. 팬데믹의 혼란이 꼭 나쁜 것만은 아니었다.

"너무 재미있어요~"

"친구랑 같이 노니까 짱 좋아요~"

"좀 더 하면 안 돼요?"

마스크를 쓴 채 집단상담하는 아이들은 환호성을 지르며 놀이에 빠져들었다. 놀이를 통해 친구와 함께 배려와 협력에 대해 몸으로 배우고 느꼈다. 역시 교육은 대면이라야 한다는 생각은 확고해졌다. 집단상담의 필요성과 소중함에 대해서도 더더욱 확신할 수 있었다.

한 아이를 키우는 데 온 마을이 필요하다는 말이 있다. 모두의 관심과 협조가 있을 때 아이는 바르게 커나간다. 부모와 교사는 그 중심에 있다. 그중에서도 '담임이 할 수 있는 집단상담'은 무엇과도 비교할 수 없는 훌륭한 교육이다. 상담은 탁월한 기량을 갖춘 전문상담교사의 영역이지만 담임도 얼마든지 할 수 있다. 담임교사가 배우고 노력하면 아이들은 몰라보게 성장한다. 하루하루가 달라진다. 아이들과의 소통이 얼마나 중요한지 '담임'으로 살아온 나의 37년이 증명해 주고 있다.

누가 뭐래도 집단상담은 학급경영의 가장 든든한 도구다.

독서력을 키우는 책 마중

일요일 아침 6시. 줌(ZOOM)을 연다. 아이들은 잠에서 덜 깬 모습으로 들어온다. 달콤한 잠의 유혹을 물리친 모습, 기특하고 대견하다. 한 시간 동안 각자 읽고 싶은 책을 읽는다. 줌 화면을 통해 서로의 온기를 느끼며 책장을 넘긴다. 이어서 읽은 부분 내용을 요약하고 배운 점과 생활에 적용할 부분을 나눈다. 처음은 낯설었지만, 지금은 정착이 되었다. 습관의 힘은 놀랍다. 매주 만나는 책 한 권은 아이들과 나에게 찬찬히 스며들고 있다.

"공부를 어떻게 시켜야 할까요?"

"학원도 보내고 과외도 시켜보는데 잘하고 있는 건지 모르겠어요."

"공부해라, 잔소리만 하고…… 휴…… 어떤 엄마가 좋은 엄마
일까요?"

학부모 상담주간에 호소하는 부모의 이야기다. 자녀 공부에
대한 부모의 고민은 예나 지금이나 변함없다. 그럴 때마다 나
의 대답은 한결같았다. "책을 많이 읽을 수 있는 환경을 만들
어 주세요. 아이와 함께 서점에 가보시는 것을 추천해요. 책
속에 답이 있습니다." 담임인 내가 할 수 있는 최선의 대답이
었다. 말로만 안내하고 조언하는 게 못내 아쉬웠다. 그러다가
내가 먼저 아이들과 책을 읽자는 생각에 이르렀다. 책 한 권 들
고 일요일 아침에 모니터 앞에 모였다. 우리 반 '책 마중'은 그
렇게 시작되었다.

2014년, 경기도를 중심으로 9시 등교제가 시행됐다. 초·중·
고 학생들의 건강을 위한다는 취지였다. '잠 좀 자자, 밥 좀 먹
자.' 하는 학생들의 요구에 부응한 것이다. 아침 독서 시간이
없어졌다. 그나마 책을 읽던 시간이었는데 말이다. 독서 시간
이 사라져서 안타까웠다. 우리 반이라도 책 읽는 시간을 되찾

고 싶었다. 드디어 숨어있는 시간을 찾았다. 매주 일요일 아침 6시. 우리 반 아이들에게 함께 책을 읽자고 제안했다. 큰 기대는 없었다. 하지만 생각보다 호응이 좋았다. 아이들은 책을 읽기 위해 하나, 둘 들어왔다. 시작하기 잘했다. 역시 실행이 답이다. 일단 시작하고 나면 더 좋은 방법이 생긴다.

책 마중은 명절, 연휴, 방학, 여행 등 어떤 상황에서도 빠짐없이 진행했다. 사실 꾀가 날 때도 있었다. 명절에는 핑계가 충분했다. 연휴 때마다 고민했다. '방학에도 굳이 해야 할까?' 라는 생각도 들었다. 특히 여행 중에는 쉽지 않았다. 지난 8월, 나는 코로나 양성판정을 받았다. 목의 통증으로 물 한 모금도 마실 수 없을 만큼 심하게 앓았다. 잠시 쉬고 싶었다. 그런 마음이 올라올 때마다 한 가지만 생각했다. 하기로 했으니까 '그냥 하자' 였다. 이유 많고 사연 많은 거 일일이 다 따지려면 차라리 안 하는 게 낫지 않은가. 시작했으니 계속한다는 마음을 아이들에게 보여주고 싶었다. 일요일 아침을 함께 시작하는 우리, 책에 빠져들고 있다.

매주 **빠짐없이** 들어오는 동진, 민서, 규리, 연아, 채원, 모원, 정원, 보민이가 있어 힘이 된다. 잘 따라와 주는 아이들이 기특하다. 책의 난이도가 생각보다 높다. 인문학, 소설, 필독 도서, IT 관련, 철학서 등 중학교 1학년이 읽는 책이 맞나? 하는 생각이 들 정도다. 참가하는 인원이 많아지면서 발표 시간이 부족했다. 그래서 찾은 대안이 릴레이식 발표다. 모두의 이야기를 다 들을 수 없는 아쉬움은 있지만, 랜덤으로 발표하는 스릴이 더해져 아이들은 더욱 재미를 느꼈다.

책 읽는 습관을 키우기 위해 시작한 책 마중으로 인해 나도 책을 더 많이 읽게 된다. 손끝에는 언제나 책이 있고 틈나면 읽는 것이 생활이 된 모습, 생각만 해도 얼마나 좋은가. 독서는 습관이다. 평생 가지고 갈 귀한 자산이다. 간접경험을 쌓기에는 단연코 독서가 최고다. 책에서 만나는 사람은 진정한 인생 멘토로 자리 잡을 수 있다. 그런 면에서 책 마중은 최고의 만남이라고 할 수 있다.

책을 읽어 내용을 이해하고 즐기는 능력을 독서력(讀書力)이라고 한다. 요즘 아이들이 좀처럼 책을 읽지 않다 보니 독서력과 문해력이 떨어지고 있다. 단순한 단어 뜻도 몰라서 내용을 이해하지 못하는 경우가 많다. 심지어는 시험 도중에 단어의 기본 뜻을 몰라 질문한다. '책의 즐거움을 맛보게 하려면 어떻게 하면 좋을까? 스마트 폰처럼 책이 손끝에서 떨어지지 않으면 얼마나 좋을까?' 많은 고민 끝에 시작한 '책 마중'은 그야말로 책 세상에 흠뻑 빠질 수 있는 시간이 되었다.

2021년 국민독서 실태 조사에 따르면 국민독서량이 감소추세로 나타났다. 심지어 성인 중 1년에 책을 한 권도 읽지 않는 사람이 절반이 넘는다는 조사 결과가 나왔다. 연간 종합 도서량이 4.5권이다. 책 읽지 않는 현실이다. 독서 습관이 생기면 성인이 되어서도 책을 가까이하게 된다.

나의 인생 책은 중학교 3학년 때 만났다. 《갈매기의 꿈》은 근사하게 살고 싶은 나에게 길을 가르쳐 주었다. "높이 나는 새가 멀리 본다."라는 한 문장이 지금의 나를 만들어 주었다. 멀리 보기 위해 높이 나는 새 '조나단 리빙스턴'을 만났다. 먹이 찾기에 바쁜 보통 갈매기들과는 달리 목표를 향해 꾸준히 비행 연습을 하는 주인공을 닮고 싶었다.

고등학교 진학을 앞둔 시점에 공부 욕심이 생겼다. 집안 형편

생각하면 학원이나 과외는 꿈도 꿀 수 없었다. 책에서 만난 조나단 리빙스턴의 영향을 받아서였을까? 도전하며 부딪혀 보고 싶었다. 두꺼운 수학 정석을 혼자 풀기 시작했다. 공부할 마땅한 공간이 없어 학교 빈 교실을 찾았다. 텅 빈 교실, 에는 책장 넘기는 소리와 연습장 위에 쓰는 소리가 전부였다. 혼자 하는 공부의 짜릿한 즐거움을 맛보았다. 스스로 해냈다는 쾌감은 오랫동안 나를 붙잡아주었다. 집합부터 시작해서 인수분해, 이차방정식, 함수까지 혼자서 문제를 풀고 또 풀었다. 나도 모르는 사이 실력이 향상되어 고등학교 진학 후, 수학 과목 상위권을 지킬 수 있었다.

공부에 대한 의지가 흔들릴 때도 있었지만, 목표를 향해 최선을 다했다. 성적이 하위권으로 떨어질 때도, 친구들과 어울려 놀고 싶을 때도, 괜스레 불안하고 두려워 울고 싶을 때도 다시 버틸 수 있었던 것은 "조나단 정신" 덕분이었다.

나는 오늘도 비행 중이다. 익숙한 날갯짓을 할 때도 있고, 새로운 비행을 시도하는 날도 있다. 힘든 비행을 그만두고 싶은 날도 있고, 용기 내며 두 주먹 불끈 쥐어 보는 날도 있다. 한 권의 책이 삶에 미치는 영향은 실로 위대하다. 나는 오늘도 책 속의 한 문장을 붙들고 나아간다.

우리 아이들도 각자의 조나단을 만나기를 소망한다. 책 속에 길이 있다. 그 길이 진리다. 책을 마중하는 우리의 마음이 오래오래 이어지면 좋겠다.

찬란했던 우리의 1년, '학급문집' 만들기

"챔프의 세 가지 소원은 훌륭한 엄마 되기, 아이들 가슴속에 구
원의 상 심어주기, 그리고 세계평화를 이루는 것이다. 봄부터
겨울까지, 그리고 계절은 다시 봄이다. 헤어짐을 재촉하는 시
간이다. 챔프는 맑게 웃으며 사랑으로 길을 걷는다."

-1990. 2. 15. 아이들의 챔프.

첫 문집 〈해오름〉의 후기에 썼던 글이다. 슬그머니
웃음이 나온다. 세 가지 소원을 보니 엄마 자리가 가장 컸구나
싶다. 아들이 돌 무렵이라 육아에 고민이 많았던 시간이었다.
구원의 상이라는 표현에서 아이들에게 중요한 선생님이 되고
자 했던 내 모습이 생각난다. 남편과 함께 종종 세계평화를 운

운했다. 집 장만이나 목돈 마련, 아들 교육 등 소소한 집안일은 내가 맡고, 세계평화는 남편 몫이라며 기분 좋게 웃곤 했었다. 지하 단칸방에서 가난하게 살았지만, 학교와 집은 내 꿈의 안식처였다. 가진 거라곤 '교사'라는 자부심 딱 하나만 믿었던 이십 대. 나의 가치관이 아이들에게 큰 영향을 끼칠 수 있으리라 믿었다. 그 신념 덕분에 아이들과의 1년을 멋진 책 한 권으로 만들 수 있는 계기가 되었다.

1989년, 용인 여중 2학년 4반. 52명의 우리 반 아이들. 한마음 한뜻으로 처음 만들었던 학급문집 해오름. 언제 꺼내도 기분 좋다. 문집을 펴면 그때 우리 반 아이들을 다시 만난다. 엊그제 같은데 어느새 34년이 흘렀다. 문집 너머로 아이들의 생생한 목소리가 들린다. 세상에 둘도 없는 보물이다. 그 당시 유행했던 변진섭의 희망 사항이라는 노래 가사를 그림으로 표현한 영주를 만났다. 청바지가 잘 어울리는 여자, 밥을 많이 먹어도 배 안 나오는 여자, 내 얘기가 재미없어도 웃어주는 여자, 난 그런 여자가 좋더라. 곳곳에서 노랫소리가 들린다. 열여섯 컷으로 그린 만화에 노래 가사와 딱 맞는 그림을 보는 순간, 저절로 그 시절이 소환된다. 문집 삽화를 정성껏 그리던 아이, 지금은 중년이 되었을 아이, 영주 얼굴이 아른거린다.

모든 글은 손글씨이고 그림도 직접 그리던 때였다. 편집위원들과 둘러앉아 목차를 짜고 아이들이 쓴 글을 정리했다. 각 모둠에서 쓴 매일매일의 '모둠 일기'가 비중이 가장 컸다. 문집에 담긴 모둠 일기 내용이 압권이다. 제목만 봐도 아이들 관심사나 생활하는 모습이 보인다. 수학여행, 치약 소동, 빈대떡 소동, 체육 시간과 반성문 3장, 인내심을 기르자, 미래, 누가 책임질래? 착각, 샌드위치, 수영, 고기잡이, 수박 서리, 언니 생일, 짜증스러운 하루, 아이스크림, 낙엽, 혼자 집에 가긴 싫어, 강아지 토토 등 다시 읽어봐도 재미있다.

추울 때 바깥 낙엽 청소가 정말 싫다. 손도 발도 꽁꽁 얼어붙으니까. 청소 나갈 때 보영이에게 장갑을 빌리긴 했지만, 여전히 손이 시렸다. 빗자루 끝에 하나둘 한곳에 모아두고 보니 나뭇잎들이 아름답게 속삭이고 있는 것 같았다. 나는 나뭇잎을 태우며 가을 냄새를 맡고 싶다는 생각이 들었다. 바람이 불면 떨어지는 낙엽은 애처롭기도 하고 선녀처럼 예쁘기도 했다. 가만히 들여다보니 나뭇잎들끼리 주고받는 가을 얘기가 귓가에 들리는 듯하였다. 그런 생각이나 감상은 잠깐, 청소 구역이 원수지. 빨리빨리 해치우고 교실로 들어가야만 했으니. 아. 열다섯 살의 가을 낙엽이여, 슬프도다. (1989. 10. 18. 영희)

청소, 낙엽, 가을이라는 글자를 따라가니 열다섯 살의 영희를 만난다. 낙엽 청소를 하면서 가을 냄새 맡고 싶었던 소녀. 나뭇잎의 속삭임을 들었던 아이는 지금 어느 하늘 아래에 살고 있을까. 두 아이의 엄마가 되었을까. 길에서 우연히 만난다면 알아볼 수 있을까……

'작은 책 마을'이라는 방과 후 활동으로 책을 읽고 토론한 내용도 문집에 고스란히 담겨있다. 아이들과 같이 책을 읽고 싶어서 시도해 본 활동이었다. 갈매기의 꿈, 나의 라임 오렌지 나무, 노란 손수건, 대지, 목걸이, 상록수, 아낌없이 주는 나무, 어린 왕자를 선정하여 모둠별로 읽고 서로의 생각을 나누었다. 책의 줄거리와 느낀 점, 등장인물들의 성격, 작가소개, 내가 만약 주인공이라면 등의 내용이 실려있다. 다시 읽어보니 그날들이 새삼 떠오른다. 문집 제일 뒷장에 있는 아이들의 이름을 하나하나 불러본다. 영주, 정윤, 미영이, 선희…… 내 나이 스물여덟, 큰아들 강휘가 돌 무렵이었으니 얼마나 바빴을까, 그 와중에 방과 후에 남아서 독서토론을 했다니 지금 돌아보아도 믿기지 않는다. 하늘이 내린 열정이었을까, 불타는 사명감이었을까, 누가 억지로 시킨 걸까, 굳이 대답하자면, 그냥 아이들이 좋았다. 내가 선생님이라는 것이 마냥 좋았다. 그게 전부다.

그렇게 시작된 학급문집 만들기는 담임을 맡은 해는 하려고 했다. 초기에는 전부 손으로 하나하나 정교하게 작업했다. 학교에 컴퓨터가 보급되면서부터 손글씨 보기가 점점 힘들어졌다. 3년 전부터는 좋은 앱들이 나오면서 편집도 각자 할 수 있다. 편집위원이 굳이 필요 없다. 대표적인 앱이 스마트 폰으로 뚝딱뚝딱할 수 있는 '하루 북'이다. 손글씨에서 컴퓨터 작업을 거쳐 앱 활용으로 변화해온 시간이 주마등처럼 흘러간다. 디지털 세상에 적응하며 살고 있지만, 나는 여전히 아날로그 감성이 좋다. 12월이면 학급문집 편집을 위해 도란거리던 이야기는 추억이 되었다. 보름가량 편집하는 동안 원 없이 컵라면을 먹었던 일, 통닭이나 피자로 입이 즐거웠던 일, 짜장면을 먹었던 일도 사라졌다. 편집하느라 힘들었던 기억조차 까마득 해지겠지.

나는 학교 행사 외에도 우리 반을 위한 다양한 행사를 꾸준히 해왔다. 해마다 온 힘을 다한다. 체육대회, 학급 체험학습, 진로 활동, 집단상담, 배움 일기, 나눔터, 주말 미션, 책 마중, 오늘의 인물…… 빠짐없이 메모한다. 기록하지 않으면 무슨 일이 있었는지, 누가 우리 반이었는지 아무것도 생각나지 않는다. 기록하고 엮어내면 1년이라는 시간은 우리의 역사가 된다. 옛 제자를 만나기도 하고, 아이들이 쓴 글에서 다시 힘을 내게 하는 문집, 교사로서 나의 존재가치를 증명해 주는 확실한 단서 다. 계속 소통하면서 함께 하는 제자들은 나의 에너지원이다.

오랜 교직 생활 중에 만난 아이들을 다 기억할 수는 없다. 하지만 문집에 적혀있는 이름만으로도 기억이 소환된다. 정리해 보니 스무 권이다. 문집 제목을 적다 보니 교사로 살아온 시간이 선명해진다.

해오름, 세네동, 울, 열셋의 우리는 스스로 자란다, 그루터기,

늘품, 우리들, 이 책에 담긴 우리들의 이야기, 칠전팔기, 다른 세상은 열리고, 날개, 8반은 예뻤다, 그 시절 우리가 좋아했던 학교, 우리는 하나(はな)다, 하나(はな)된 우리, 1-9 CHAMP CLASS, Special한 우리들의 이야기, 1학년 7반의 이야기, 1-7반의 추억 창고, Happy IMOK 1학년 7반까지 20권의 문집들이 책장에 가지런히 꽂혀 있는 것만으로도 든든하고 뿌듯하다.

특히 세네동(세모 네모 동그라미의 줄임말), 울(우리), 늘품(앞으로 좋게 발전할 품성)은 지금 봐도 아이디어가 기발하다. 하나(はな)는 일본어로 꽃이다. 하나가 된 우리와 꽃의 의미를 담았다. 이 기록들이 없었더라면 나의 교직 생활은 어땠을까. 자식 같고 애틋한 문집들을 한장 한장 넘겨보는 맛, 참 좋다.

문집을 만드는 일은 학급경영의 결실이다. 아이들을 내 마음판에 새기는 일이다. 굳이 그렇게까지 해야 하냐며 우려하는 동료 교사들도 많았다. 아랑곳하지 않고 꿋꿋이 했다. 업무가 밀릴 때는 집에 일감을 가져와 밤을 지새운 적도 많다. 그만큼 나와 아이들을 한데 묶어 기록을 남기는 일이 좋았다. 한땀 한땀 꿰어진 추억이 곧 나의 삶이 되었다.

08
....

행복한 교실 가꾸기

텅 빈 교실, 오후의 햇살 한 조각이 창문 넘어 바닥
까지 길게 드리운다. 아이들이 집으로 돌아간 후, 나만의 시간
을 보낸다. 아직도 교실 가득 남아있는 아이들 온기를 느낀다.
운동장도 텅 비어있다. 지나가는 바람 한 줄기가 손에 잡힐 듯
하다. 소란스러웠던 하루였는데 적막감이 감돈다. 고요한 이
시간, 교실을 돌아보며 이런저런 생각에 잠긴다. 오늘 아이들
은 어땠을까, 연우는 어제만큼 웃었을까, 민서는 수학 시간에
문제 풀이를 잘했을까, 정원이는 국어 시간에 얼마나 발표했
을까, 아이들은 무엇을 배우고 돌아갔을까, 오늘의 배움이 부
디 성장의 밑거름으로 이어지기를 기도하며 걸음을 옮긴다.
배움 일기 검사를 하다 보니 책상 위에 지우개 가루가 가득하

다. 샤프심이 부러져 있고 볼펜 심도 어지럽게 뒹굴고 있다. 수업 중에 딴짓하며 쓴 깨알 같은 낙서들도 보인다. '심심해, 졸려, 재미없어' 등의 글을 읽으니 딱 열네 살 수준이다. 자리에 앉아서 아이의 눈높이로 칠판을 바라본다. 글씨는 잘 보이는지, TV 화면은 잘 보이는지 살펴본다. 시력이 나빠서 앞자리를 고집하는 동진이랑 소영이가 이해된다. 아이들 모두 편안하고 즐거운 하루였기를 바란다. 빈 교실에서 하루를 마무리하는 건 교사로 살면서 생긴 나의 습관이다. 오늘의 부족을 돌아보고 내일을 준비하는 나름의 의식이다. 다음 날이 모두에게 더 활기찬 시간이 되기를 기도하면서 말이다.

행복한 교실을 만드는 방법은 여러 가지가 있다. 무엇보다도 학생들이 편안함과 즐거움을 느낄 수 있어야 한다. 자유롭고 즐거운 분위기에서 훨씬 많은 것을 성취할 수 있기 때문이다. 나의 다년간 교직 경험에 의하면 행복한 학급은 교사와 학생들 사이의 신뢰가 첫 번째다. 그러기 위해서는 함께 생활하면서 쌓는 시간의 누적이 필요하다. 한가지씩 노력하다 보면 서로에 대한 믿음의 탑이 천천히 쌓여간다. 그간의 경험을 통해 교사가 해야 할 일과 하지 말아야 할 것을 짚어본다.

친절하고 침착하기, 단호한 모습, 때때로 유머 사용하기, 아이들이 하는 이야기 들어주기, 존중하기는 반드시 해야 할 일이다. 아이들 입에서 "우리 선생님 좋아요. 학교 오면 재미있어요."라는 소리가 나오면 성공이다. 한편 아이들 무시하기, 쉽게 포기하기, 강요하기, 비판하거나 논쟁하기, 공포 분위기 만들기 등은 하지 말아야 한다. 이처럼 교사가 갖추어야 할 덕목은 많다. 그중 마음을 살필 줄 아는 지혜와 아량이 먼저다.

교육 현장에서 담임선생님들은 학생을 제대로 이해하기 위해 상담 시간을 아끼지 않는다. 수업과 업무부담에 지친 교사들이 학급의 한명 한명을 일일이 상담하는 일은 쉬운 일이 아니다. 아이들 개개인의 소망과 특성을 효율적으로 알아내기 위하여 여러 가지 방법을 찾고 고민한다. 그 결과 교사들은 저마다의 필살기를 장착한다. 나의 경우는 '집단상담 프로그램'으로 짧은 시간에 아이들을 파악하는 좋은 방법을 찾았다.

올해 우리 반은 30명이다. 첫해에는 62명이었다. 37년 동안 일 년에 한 명가량 줄어든 셈이다. 교육통계분석자료('21, 한

국교육개발원)에 따르면 학급당 학생 수가 초등학교 21.5명, 중학교 25.4명, 고등학교 23명으로 나온다. 우리 반은 통계보다 4.6명이 많은 편이다. 학급 당 학생 수 감축에 대한 논의는 어제오늘이 아니다. 20명 이하로 법제화하는 것에 대한 현장에서의 목소리는 절실하다. 좁은 공간에서 많은 학생이 지내다 보니 숨이 턱턱 막힌다. 코로나 때에는 밀집도 때문에 반씩 등교하거나, 두 개 반으로 나누기도 했다. 하루빨리 학급당 인원수가 적정하게 조절되기를 바랄 뿐이다. 행복한 교실 가꾸기에 있어 먼저 제도적으로 실행되어야 할 점이 바로 학급당 인원이기 때문이다.

담임교사의 촉각은 아이들을 향해 있어야 한다. 학생들 움직임에 민감해야 한다. 몇 해 전에 있었던 일이다. A학생이 손톱으로 B의 얼굴과 목에 상처를 내는 일이 벌어졌다. 평소에 장난치며 친하게 지냈는데 사소한 싸움이 크게 번졌다. 쉬는 시간에 밀고 당기기를 하다가 격한 몸싸움으로 이어지면서 A가 B의 얼굴을 할퀸 것이다. 앞이 캄캄해지고 심장이 덜컥 내려앉았다. 흉터가 깊어서 걱정이었다. 겉으로는 친해 보이지만,

둘 다 쌓인 감정이 있었다. 아이들의 속마음까지는 미처 몰랐다. 양쪽 부모님 모두 놀면서 자라는 아이들이라고 이해해 주었기에 다행히 잘 마무리되었다. 그 후로는 아이들 손톱 길이를 자주 살펴보고 깎도록 지도한다. 의외로 손톱을 기르는 아이들이 많다. 손톱깎이를 서랍 속에 넣어두고 수시로 지도하고 있다. 집단상담에서도 미처 보지 못한 부분도 있다. 한참 예민한 사춘기 아이들의 속을 섬세하게 들여다볼 일이다. 그날과 같은 일을 되풀이하지 않기 위해서다.

때로는 학생의 '실수'를 지도해야 한다. 지난주에 진수는 국어 시간에 말실수로 인해 혼이 났다. 교과 선생님은 화가 나 있었고 아이는 어쩔 줄 모르는 표정이었다. 따끔하게 혼이 난 아이는 잔뜩 주눅 든 모습이었다. 따로 불러서 이야기를 나누었다. 진수는 혼자 말처럼 중얼중얼했다고 한다. 선생님 귀에 들릴 줄 몰랐단다. 실수였다고 주장하는 아이는 평소 거친 언어를 사용한다. 듣기 거북하여 들릴 때마다 지도했지만 고쳐지지 않아 걱정하고 있던 참이었다. 아이는 자신도 모르게 퉁퉁거리는 말투가 있고 나쁜 말을 많이 쓴다는 것을 인정했다. 잘못을 충분히 알고 있는 진수를 계속 혼낼 수는 없었다. 말의 중요성에 대해 생각해 보자고 제안했다. 진수가 평소에 많이 쓰는 언어 중 욕설과 비속어를 종이에 적어보도록 했다. 'X 같아, X발, 장애냐, 미친, 또라이, X나, 손가락 욕… 등' 막상 적어놓고 보니 심각했다. 아이는 고쳐보겠다며 가장 많이 쓰는 욕설 하나를 스스로 선택했다. 진수가 노력해서 조금씩 고쳐나가리라 믿는다. 아이들 입에서 불쑥불쑥 튀어나오는 비속어들, 심란할 때가 많다. 고운 말을 쓰자는 말을 수도 없이 하고 지도하지만 진수처럼 언어습관이 굳어진 아이들이 꽤 많다. 언어 하나부터 말투까지 교사의 섬세한 관심이 필요하다. 하지만 마음만큼 쉽지는 않다.

어떻게 하면 교실을 행복하게 잘 가꾸어 갈 수 있을까, 나뿐만 아니라 모든 교사의 오랜 과제다. 교사와 아이들 모두 건강한 에너지로 만나면 얼마나 좋을까, 모두의 바람이다. 화초에 물을 주며 정성 들여 가꾸면 생기있게 피어난다. 우리 아이들도 정성 다하면 좋은 모습으로 성장하리라는 믿음으로 오늘도 힘을 낸다.

아이들이 엄마를 닮는 것처럼 수업 분위기, 감정표현, 정서 상태 등 담임의 사고방식과 표현을 닮아간다. 행복한 교실을 가꾸기 전에 교사의 행복한 마음 상태가 먼저다. 기분 좋은 바이러스가 아이에게도 고스란히 전해질 테니 말이다. 교사로서 평소 내 마음 밭은 어떤지, 어떤 언어를 사용하고 있는지 돌아볼 일이다.

Part _05

〈제 5 장〉

나의 행복을 찾아서

가족과 함께하는 달콤한 소통

2011년 8월, 여성가족부에서 실시하는 가족 소통 프로그램에 참여할 기회를 얻었다. 주제는 "엄마와 딸이 함께하는 달콤한 소통"이었다. 남양주에서 예빈이와 함께 2박 3일간의 시간을 보냈다. 강의, 토론, 산책, 생활 속 퀴즈 등 다양하게 구성된 프로그램 덕분에 딸과 둘이 오붓한 시간을 보냈다. 우리는 시시콜콜한 이야기부터 많은 대화를 나누었다. 막 사춘기에 접어들었던 딸은 속마음을 조금씩 꺼내기 시작했다. 바쁘다는 핑계로 딸의 마음을 읽어주지 못했다. 그동안 쌓인 오해와 서운함을 털어냈다. 엄마와 함께 있고 싶었던 예빈이를 꼭 안아주었다. 영화 빌리 엘리어트를 보며 토론하는 시간에 예빈이의 꿈 이야기를 깊게 나누었다. 한적한 시골길을 산책

할 때는 마냥 좋아 손잡고 웃으며 걸었다. 즐거운 퀴즈 시간에
는 승부욕을 불태웠다. 역시 내 딸이 맞다. 우리는 완벽한 호
흡으로 최고의 열정상을 받았다.

나는 연구년을 보내고 있었다. 학교 근무를 하지 않은 덕분에
여유시간이 많았다. 딸이 중학교에 입학하기 전에 둘만의 추
억여행을 가기로 했다. 예빈이가 가고 싶은 곳은 경주였다. 수
학여행 갔을 때 박물관에서 시간을 짧게 주어 제대로 못 봤다
며 천천히 보고 싶다고 했다. 의외의 장소라 놀랐다. 딸의 관
심사도 모르는 무심한 엄마였다는 생각에 미안했다. 신라 역
사관과 미술관을 꼼꼼하게 둘러보았다. 훌쩍 자라 대화도 잘
통하고 의젓해진 막내와의 시간은 꿈만 같았다. 여행은 마음
속의 보따리를 다 꺼내놓을 수 있게 만든다. 아이들이 커갈수
록 자주 시간을 갖지 못했던 아쉬움을 달랠 수 있었던 시간이
었다.

막내가 엄마랑 같이 있는 것을 좋아하는 모습을 보면서 가족
이 함께하는 프로그램을 학교에서도 꼭 운영하고 싶은 마음이
들었다. 부모와 자녀가 함께하는 시간의 소중함과 효과를 우

리 반 가족들도 체험할 수 있다면 얼마나 좋을까.

2015년, 드디어 가족 소통 프로그램을 시작했다. "가족과 함께하는 달콤한 소통"이라는 주제로 구성했다. 일방적 강의가 아니라 서로 대화하는 시간에 초점을 두었다. 대화 주제 정하는 데 심혈을 기울였다. 학부모와 아이들의 설문을 거쳐 몇 개의 주제를 골라냈다. '엄마, 저는 이럴 때 속상해요. 딸아, 엄마는 이럴 때 서운하단다. 가족이 자랑스러울 때는? 가족 덕분에 용기를 얻었던 경험은? 가족에게 위로받고 싶을 때는? 부모(자녀)에게 듣고 싶은 말은? 자녀의 강점. 엄마의 매력은? 행복한 가족은 모습은?' 등이었다.

선정한 주제를 벽에 붙여놓고 엄마와 딸이 손잡고 걸어 다니면서 도란도란 이야기 나누었다. 질문에 답을 하면서 포스트잇을 활용하여 키워드를 적어 플립차트에 붙이고 다른 주제로 향했다. 하나의 주제 앞에 머물러 서로의 이야기를 진지하게 듣는 모습을 보니 흐뭇했다. 부모와 자녀가 함께 있는 모습, 다정하게 대화하는 모습에서 내가 막내와 함께했던 시간이 떠올랐다. 역시 하길 잘했다는 생각이 들었다. 엄마의 마음으로 꿈꾸었던 프로그램이었던 만큼 더없이 행복했다.

가족에게 위로받고 싶을 때는 '힘들 때' 가 압도적이었다. 주저앉고 싶을 때 기댈 수 있는 가족의 힘을 새삼 느꼈다. 나의 허물을 다 꺼내놓아도 괜찮은 곳은 역시 가족이니까 말이다. 부모님께 듣고 싶은 말은 '괜찮아' 였다. 있는 그대로를 인정하고 받아 주는 넉넉함은 가족의 또 다른 힘이다.

우리 반 아이 미라는 늦둥이였고, 예순에 가까운 엄마를 할머니 같다며 부끄러워했다. 다행스럽게 가족 소통 캠프에 참여했다. 딸의 좋은 점을 말하고, 엄마의 매력을 이야기하면서 미라 엄마는 눈시울을 적셨다. 미라는 사람을 좋아해서 친화력이 남달랐다. 엄마는 그 점을 알고 있었고 딸에게 말했다. 미라는 엄마 매력이 맛있는 음식을 해주는 거라고 말했다. 미라와 엄마는 서로의 눈을 바라보며 대화 나눈 시간이 오랜만이라고 했다. 무슨 이야기를 해야 할지 몰랐고, 사춘기에 접어들면서 딸의 눈치만 보며 전전긍긍했었다고 한다. 가족 소통 캠프에 참여한 이후로 미라의 표정은 밝고 환해졌다. 엄마 이야기도 곧잘 했다. 자신을 깊이 사랑하는 엄마의 속마음을 느꼈을 것이다. 미라 가족 외에도 참가했던 가족들의 긍정적인 변

화는 종종 들려왔다. 가족과 함께하는 소통 프로그램은 가로
막고 있었던 벽을 허물고 서로를 마주 바라볼 수 있는 시간을
선물로 준 셈이다.

우리 반이 가족 프로그램을 진행하는 모습을 지켜본 정병국
교장 선생님은 교육과정 안에 넣을 것을 추천했다. 덕분에 이
듬해에는 학년별로 프로그램을 진행했다. 부족한 부분을 보완
했다. 가족 규칙을 만들고 발을 씻어주는 예식도 포함했다. 부
모 자녀 간에 서로 편지 쓰고 읽는 시간도 마련했다. 가족 규칙
을 처음 만들었다는 윤경이네는 주말에는 밥을 같이 먹기로
정했다. 소연이네는 서로 안아주고 '사랑해' 라는 말을 하루에
한 번씩 하기로 했다. 가정마다 서로가 지킬 수 있는 규칙을 정
했다. 자녀들을 통해 실천 여부를 중간 점검했더니 꾸준히 잘
지켜지고 있었다. 한번 참가한 가정은 또 신청해서 3년간 달콤
한 소통에 참여하기도 했다. 수일여중 공식 프로그램이 되어
선한 영향력을 펼칠 수 있어 교사로서 자부심도 단단해졌다.
세족식을 진행하기 위해 따뜻한 물, 수건, 대야 등을 준비했
다. 촛불을 밝히고 잔잔한 음악이 흘렀다. 아이들은 쑥스러운

지 부모님의 얼굴을 보지 못했다. 발을 만지기 전부터 훌쩍거리고 우는 아이들도 있었다. 그런 아이를 보는 부모도 눈물을 흘리며 아이의 등을 토닥여주었다. 언제 이렇게 컸나 기특한 표정으로 아이를 바라보고 그 모습을 오래 담아두려는 듯 사진을 찍기도 했다. 마른 수건으로 발을 닦고 난 후 서로의 눈을 보고 표현하는 시간을 가졌다.

"엄마(아빠) 사랑해요. 저의 부모님이 되어 주셔서 감사해요. 제 곁에 있어 주셔서 행복합니다."

"○○아, 내 딸로 와줘서 고마워. 잘 자라주어 행복해. ○○아! 사랑해"

울컥해진 감정을 추스르는 부모와 아이들 모습을 보니 뭉클했다. 나와 막내딸이 그랬듯이 서로의 눈빛으로 교감하는 순간을 통해 진심을 건넬 수 있는 시간이었다. 나도 부모로서 경험하고 느꼈던 감동을 이렇게 교육 현장에서 나눌 수 있음에 감사했다. '가족과 함께하는 달콤한 소통'이라는 주제를 기획하면서 교사로서도 깊고 넓게 확장할 수 있었다.

가족은 가장 가까운 사이지만 멀게 느껴지기도 한다. 가깝다는 이유로 소홀히 여길 때가 많다. 말없이 이야기를 들어주거나 안아주는 것만으로도 서로에게 힘이 되어 주는 사이가 바로 '가족'이다. 하지만 분명한 것은 서로에게 진심을 담아 표현할 때 가족의 끈끈한 정을 더 느낄 수 있다는 점이다.

사랑은 가장 가까운 사람 가족을 돌보는 것에서부터 시작된다는 마더 테레사 수녀의 말이 떠오른다. 다른 사람의 기분을 살피기 전에 내 가족의 마음을 들여다보고 도움을 주는 것이 진정한 소통의 출발이다. 엄마와 교사, 두 마리 토끼를 다 잡을 수 있도록 좋은 프로그램이 되어 준 '가족과 함께하는 달콤한 소통'은 말 그대로 삶의 달콤한 활력소가 되어 주었다.

장애를 넘어

"쿵······"

　　2003년 10월 5일, 오후 2시! 모든 것이 정지되었다. '찰나'였다. 눈 깜짝할 사이에 나는 아스팔트 위에 던져졌다. 아산에 있는 외암민속마을 입구에서 벌어진 일이다. 모처럼 조퇴하고 지인들과 가을 나들이를 나섰다가 변을 당했다. 마을 입구에 있던 동네 사람들이 민속 마을에 왔으면 널뛰기를 먼저 하고 들어가야 한다는 말에 솔깃했다. 아스팔트 위에 놓여있는 두툼하고 긴 널빤지가 눈에 들어왔다. 어릴 때 행복한 놀이였던 널뛰기 생각이 나서 해보고 싶은 마음이 들었다. 널빤지 양쪽에서 뛰어오르던 짜릿함이 되살아났다. 두 사람이 번갈아 발을 굴리며 오르락내리락하면서 호흡을 맞추는 놀이였다. 우리 집 마당 한 귀퉁이에는 아버지가 구멍을 깊게 파서 만들어 준 널뛰기 공간이 있었다. 친구들이 우리 집에 와서 마음껏 널뛰기하며 놀았던 추억이 떠올랐다.

같이 간 언니가 먼저 권유한 동네 사람과 양 끝에 각각 올라섰다. 하지만 발이 움직여지지 않아 금방 내려왔다. 다른 일행도 시도했으나 균형을 잡지 못해 바로 포기했다. 내 차례가 되어 널빤지 위로 올라갔다. 몸은 정확하게 널뛰기를 기억하고 있었다. 어릴 때의 움직임이 천천히 나왔다. 하나, 둘, 셋, 넷…… 번갈아 높이 뛰어오르며 즐기기 시작했다. 그렇게만 계속 널뛰기했더라면 좋았을 텐데…… 제법 높이 뛰어오르며 널뛰기를 잘(?)하는 나를 향해 크게 반동을 주었다. 반동과 함께 높이 올라간 나는 널빤지 위를 디뎌야 하는데 그만 중심을 잃고 말았다. 둔탁한 '쿵' 소리와 함께 내 몸은 공중으로 붕 떠올랐다. 그리고 그대로 바닥에 널브러졌다. 순간 앞은 캄캄해지고 비명조차 지를 수 없는 극심한 고통이 시작되었다. 꿈인지 생시인지 구분이 안 되었다. 그 후로는 어떻게 응급실까지 갔는지 기억조차 없다. 정신을 놓지 않으려 했지만 이미 현실 속의 내가 아니었다.

"119 빨리 불러"

"내 말 들리니? 눈 좀 떠봐"

"어떡해, 어떡해, 어떡해……."

함께 갔던 사람들의 목소리가 희미하게 들리긴 했다. 사람들이 웅성거리고 있었고, 나는 들것에 실려 가고 있었다. 오후 햇살은 나를 향해 따갑게 내리쬐고 있었다. 혼미해진 정신을 붙잡으려 할수록 나는 점점 더 깊은 수렁 속으로 빨려들어 가고 있었다.

중심을 잃고 아스팔트 바닥에 떨어질 때 본능적으로 왼쪽 손목으로 땅을 짚으면서 손목뼈가 으스러졌다. 그리고 내 몸을 더 이상 지탱하지 못한 왼쪽 팔이 바닥에 부딪히는 순간, 팔꿈치는 분쇄 골절로 이어졌다. 사고 직후 외암민속마을에서 가까운 병원으로 가서 엑스레이를 찍었다. 도저히 감당이 안 된다며 큰 병원으로 가라고 했다. 119를 타고 수원으로 향하면서 일행은 발을 동동 굴렀다고 한다. 뼈가 가루가 되었다는 사실을 알게 된 건 수원 빈센트 병원에 와서였다. 보호자 서약서를 쓰고 온 남편은 넋이 나간 모습이었다. 나중에야 알았지만, 최악의 경우 '왼쪽 팔을 절단할 수도 있다.' 라는 시나리오까지 들은 상태였으니 오죽했을까.

닷새쯤 지나면서 부기가 어느 정도 빠지고 나서야 수술대에 올랐다. 수술은 예상보다 잘 되었다. 가루가 된 손목과 팔꿈치에 철심을 박고 나니 다행히 팔을 절단해야 하는 상황에서는 벗어났다. 하지만 수술보다 훨씬 힘들고 힘든 재활 운동이 이어졌다. 감각이 전혀 없었던 신경을 살려내는 재활 치료 과정은 고통스러웠다. 이를 악물고 참았다. 신경마비로 감각이 전혀 없는 왼손과 팔의 기능을 살리기 위한 재활 치료는 아찔했다. 우선, 엄지손가락 하나를 들어 올리는 데만 집중했다. 마비된 신경을 움직일 때마다 입을 틀어막고 식은땀을 흘렸다. '이 통증을 이겨 내면 원래대로 돌아올 수 있을까? 그냥 포기할까? 절단하지 않은 것만 해도 어디야. 그냥 이대로 살면 되지⋯⋯.' 별생각이 다 들었다. 손가락의 신경 줄 한 가닥 한 가닥 연결이 그토록 섬세한 줄은 미처 몰랐다. 미세한 신경 줄을 살려내려면 재활 훈련 외에는 다른 방법이 없다고 했다. 그 누구도 대신해 줄 수 없었다. 오직 내가 감당해야 할 몫이었다. 눈만 뜨면 온몸을 부들부들 떨면서 재활에 집중했다. 그때마다 온몸의 에너지가 빠져나갔다. 땀과 눈물범벅이 되었지만 정해진 시간에 규칙적으로 재활 훈련에 임했다. 하루에 수백 번 이상 시도했다. 손가락을 살려내기 위한 끈질긴 노력 끝에 드디어 "엄지척"을 할 수 있었다. 피와 땀, 눈물의 결실이었다. 의사도 재활치료사도 놀라움을 금치 못하고 칭찬해 주었다.

절단은 피했지만, 신경을 살리는 건 불가능하다고 했었다. 내가 해낼 수 있을 거라고 믿은 사람은 아무도 없었다. 오직 나와의 싸움이었다. 엄지척 이후의 과제는 엄지와 검지 두 손가락이 닿게 하는 것이었다. 이미 고통의 한계까지 겪어본 나는 더욱 박차를 가했다. 훈련을 거듭한 결과 엄지와 검지가 닿았다. 이어서 엄지와 중지, 엄지와 약지까지 성공했다. 엄지와 약지까지 닿았을 무렵, 의사는 '팔의 재활'도 시도하자고 했다. 손가락 재활은 해보겠노라고 의지를 갖고 덤볐지만, 꿈쩍도 안 하는 팔은 나도 자신이 없었다. 손가락만이라도 정상적으로 쓸 수 있으면 감지덕지였다. 손가락 하나하나 움직이는 것과 팔 1㎜ 움직이는 것은 애초부터 비교 불가였다. 수도 없이 주저앉았다. 손가락이 움직이는 것만으로도 감사하고 충분하다고 생각했지만, 팔도 해내고 싶었다. 이겨 낼 수 있다고 나를 다시 한번 믿어보기로 했다. '한번 해보자, 죽기 아니면 까무러치기다.' 라며 각오를 다졌다. 인간이 죽을 때 느낀다는 최고의 고통(단말마) 속에서 비명을 삼키고 또 삼키면서 재활 훈련에 집중했다. 드디어 내 팔은 서서히 움직이기 시작했다. 1mm의 움직임이 모여서 1cm가 되고, 2cm, 3cm…….

병원에서는 입을 모아 '인간승리' 라고 했다. 그 후로도 수술과 재활의 시간은 반복되었다. 철심을 빼고 다시 박는 수술, 뼈이식수술까지 무려 아홉 차례나 되풀이되었다. 그때마다 나는 초인적인 인내를 몽땅 쏟아부었다. 그리고 지금까지도 팔이 굳어지지 않기 위한 재활 운동은 일상이 되어 여전히 진행 중이다.

두 손으로 세수하고 싶다는 바람을 품었다. 다치기 전에는 자유롭게 움직일 수 있는 것에 대해 감사한 줄 몰랐다. 너무도 당연하게 생각했던 사소한 움직임이 소원이 되다니, 다치지 않았다면 몰랐을 터이다. 계속되는 재활과 함께 생활 속 운동을 시작했다. 걸었다. 걷고 또 걸었다. 집 앞 만석공원으로 매일

나갔다. 건강이 그냥 주어지는 것이 아니라 애써 노력해야 한 다는 것을 몸으로 깨달았기에 걷기부터 꾸준히 실천했다. 처 음에는 걷는 것조차 숨이 찼다. 날마다 걷다 보니 서서히 건강 을 회복해갔다. 한 걸음 더 나아가 등산과 마라톤에 도전했다. 걷고 뛰고, 등산하면서 오늘도 나는 꾸준히 '나'를 관리한다.

지금 나는 내 몸의 소리를 빠르게 알아차린다. 힘껏 걷고 달릴 줄도 알지만 멈추어 쉴 줄도 안다. 넘어지지 않았다면, 그 사 고가 없었다면 몸이 보내는 신호에 꿈쩍도 하지 않았을 터다. 아픈 만큼 성숙해졌다. 왼쪽 팔의 통증은 아직도 수시로 찾아 온다. 수술 후 지독하리만큼 매달렸던 재활의 기억을 떠올리 면서 날마다 감사를 외치며 산다.

오늘도 수원성에서 아침 해가 떠오르는 광경을 가슴 벅차게 바라보았다. 바람, 낙엽, 공기, 그리고 아침 햇살. 온몸으로 계 절을 느껴본다. 오른팔로 왼팔을 감싸 안았다. 왼쪽 어깨와 팔, 그리고 왼 손가락을 물끄러미 바라보았다. 포기했더라면 영영 굳어버렸을 것이다. 단 1분조차 버티기 힘들다고 느껴질 때, 역전은 그때 시작된다. 나를 믿는 힘, 이것 하나만 있으면 무엇을 못 하겠는가!

살다 보면 온갖 장애, 문제, 고난과 역경 따위를 만나게 된다.

그 모든 시련은 나를 더 강하게 만들 뿐. 무엇도 나를 막을 순

없다. 나는 '우승자' 다.

육아휴직 그리고 쉼

"덮어놓고 낳다 보면 거지꼴 못 면한다. 아들·딸 구별 말고 둘만 낳아 잘 기르자. 하나 낳아 젊게 살고, 좁은 땅 넓게 살자. 사랑 모아 하나 낳고, 정성 모아 잘 키우자."

정부의 가족 계획 정책에서 사용했던 표어들이다. 1960년대부터 80년대까지 산아제한이 주를 이루었다. 저출산 문제가 요즘처럼 심각해질 줄은 미처 몰랐을 터다. 40년 전 산아제한의 정책이 이젠 적극적인 출산 장려로 바뀌었다.

"둘도 힘든데, 셋을 어떻게 키우려고 해?"
"아이고…… 너 제정신이냐? 직장을 그만두면 몰라도!"
"아들 둘이면 충분하다. 제발 그만 낳아라."

막내 임신 소식을 들은 언니 오빠들 반응이었다. 걱정하는 친정 식구들 마음을 모르는 바 아니었다. 서른여덟의 적지 않은 나이였다. 육아나 살림을 도와줄 사람이 없어 홀로 감당하며 살았다. 엄마를 비롯한 주변 사람은 두 아들 키우느라 종종거리는 모습을 보며 안쓰러워했다. 낮에는 학교 업무에 치이고 퇴근 후에는 아들 뒷바라지하느라 내 생활이라고는 아예 없었다. 퇴근은 곧 집으로의 출근이었고, 토요일 오후면 파김치가 되었다. 한 주간동안 밀린 집안일 하느라 헉헉거렸다. 그런 와중에 막내가 기적처럼 찾아왔다. 오직 남편만이 내 편이었다. 집안일과 육아를 돕겠다고 다짐하면서 말이다. 그렇게 나는 2남 1녀의 엄마가 되었다.

스물넷에 결혼하고 스물여섯에 첫아이 비오가 태어났다. 산후 휴가는 두 달이었고 그 당시만 해도 육아휴직 제도가 없었다. 게다가 1월생이라 방학이었기에 휴가 의미도 없었다. 백일도 안된 아이를 두고 당장 3월부터 출근해야 하는 상황이었다. 요즘처럼 어린이집이 많이 있는 것도 아니고, 육아도우미가 흔한 시절도 아니었다. 아이를 직접 키우지 못하고 다른 사람 손에 맡겨야 한다는 현실이 야속하기만 했다. 수소문 끝에 옆 골목에 사는 분을 알게 되었다. 큰아들 비오는 복되게도 좋은 분을 만났다. 두 자녀를 키우고 여유 있었기에 육아 경험이 없는 나의 부족함을 채워주었다. 일분일초를 다투며 바쁘게 출근 준비를 하는 나를 배려하여 일찍 와서 아이를 데리고 갔다. 가끔은 울면서 떼쓰기도 했지만 대부분 잘 따라갔다. 아이는 '낮 엄마'라고 불렀다. 아들은 키워준 은혜를 잊지 않고 때가 되면 찾아뵙고 인사드린다. 결혼 후에도 안부를 주고받으며 고마움을 잊지 않는 큰아들이 기특하다. 둘째 아들 레오는 내 나이 서른셋, 11월에 태어났다. 두 달의 출산 휴가와 겨울 방학이 연결되어 모유를 먹일 수 있었다. 백일가량 수유하면서 엄마로서의 행복을 느꼈다. 내가 키우고 싶다는 바람이 커지면서 육아 휴직을 고려했다. 하지만 남편 월급만으로는 살림살이가 빠듯하여 결국 마음을 내려놓았다. 둘째도 같은 동네에 사는 분을 만나 큰 걱정 없이 키울 수 있었다.

드디어 육아휴직을 했다. 꿈만 같았다. 막내 테클라 덕분이다. 내 손으로 아이를 키우고 싶었다. 집 장만하느라 생긴 빚과 이자 생각하면 또 주저앉을 것 같아 오직 아이만 생각했다. 돌아보니 3년의 육아휴직은 탁월한 선택이었다. 우선 막내 키우는 일에 집중했다. 모유를 충분히 먹일 수 있다는 기쁨만으로도 세상 행복을 다 얻은듯했다. 아이가 목을 가누고, 뒤집고, 기어가는 과정 하나하나가 신기해서 날마다 감탄했다. 옹알이하던 아이가 "엄마"라는 말을 할 때는 세상을 다 가진 기분이었다. 나 혼자만 맛보는 기쁨처럼 느껴졌다. 아들 키울 때와는 또 달랐다. 살갑게 다가오고 이쁜 짓 하는 모습을 보면 온갖 시름이 다 사라졌다. 우리 부부는 딸이 없었다면 얼마나 삭막했을까, 상상조차 하기 싫다는 말을 입에 달고 살았다.

막내는 축복 덩어리다. 아등바등하며 앞만 보고 달리던 나에게 진정한 쉼을 주었다. 여유라고는 없었던 내 삶에 쉼표를 안겨주었다. 중학교 1학년이 된 큰아들은 학교에서 돌아오면 엄마가 집에 있다는 사실만으로 좋아했다. "엄마가 집에 있으니까 좋아." 이 말을 노래하듯 늘 중얼거렸다. 초등학교 때 집 열쇠를 목에 걸고 다니던 아이였기에 문을 열면 엄마가 있다는 것이 얼마나 좋았을까. 나도 간식을 준비해놓고 하교하는 아이를 맞이하는 순간이 얼마나 기뻤는지 모른다. 초등학생이었던 둘째도 "엄마 냄새 좋아, 엄마가 해주는 간식 맛있어."하며 내 곁에 꼭 붙어 있었다. 막내 덕분에 누릴 수 있었던 3년간의 육아휴직, 오로지 세 아이의 엄마로 살았던 그 시간 덕분에 다시 교사로서의 삶도 활기를 되찾았다.

자식에 대한 어머니의 본능적인 사랑을 모성애라고 한다. 내 안에 있는 모성애에 나조차 감동할 정도로 비오, 레오, 테클라와 함께 하는 하루하루가 좋았다. 큰아이의 공부하는 습관을 키우고 학습 방법을 도왔다. 학교 다녀오면 그날 배운 내용을 복습하고 내일 배울 것을 미리 읽어보게 했다. 학원에 의존하지 않고 스스로 공부하는 저력이 생겼다. 즐겁게 공부하고 자기주도학습 능력이 향상된 아이는 어려움 없이 원하는 대학에 진학했다.

세 아이 곁에 가까이 있었던 시간은 휴식 이상의 의미였다. 직장생활 하느라 미처 몰랐던 전업주부의 면모가 내게 있다는 사실을 발견했다. 바빠서 사 먹거나 대충했던 반찬도 직접 만들었다. 처음에는 어설펐지만, 음식솜씨가 점점 좋아졌다. 김치도 담고 도토리묵, 식혜, 수정과도 만들면서 주부 경력을 쌓았다. 그냥 이대로가 좋았다. 학교로 돌아가고 싶지 않았다. 전업주부로 사는 삶을 꿈꾸며 복직하지 않겠다고 남편에게 선포하기도 했다. 외벌이로는 세 아이 키우기 힘들고, 나의 일이 있어야 한다는 것은 알지만 외면하고 싶었다. 학교를 좋아하고 무엇보다 아이들을 사랑하는 나를 잘 알고 있었던 세실리아 언니의 설득으로 마음을 다잡고 복귀했다. 휴직자 복직 연수를 받을 때까지만 해도 마음이 썩 내키지 않았다. 그렇게 복직한 율전중학교에서 8년 동안 근무했다. 나의 사십 대 열정과 에너지를 고스란히 쏟았다. 육아휴직 중에 세 아이에게 집중한 일이 얼마나 귀한 일이었는지 복직하고 나서야 알았다. 쉼을 통해 좋은 에너지가 완전히 충전되었다는 사실을 말이다.

요즘은 육아휴직 제도가 잘 마련되어 있다. 90일의 출산 휴가 외에도 초등학교 2학년 이하의 자녀 양육을 위해서는 사용할 수 있다. 급여도 일부 나온다. 내가 휴직했을 당시를 떠올려보면 여러모로 좋아졌다. 출산 장려를 위해 나라에서 제도를 마련하고 원하는 이들은 이용할 수 있으니 다행이다.

엄마의 무릎을 내어주고 함께 보낸 시간이 아이에겐 인생의 뿌리가 될 것이다. 오로지 아이의 정서만 생각하고 용기 있는 선택을 한 나의 결단에 박수를 보낸다. 쉼표하나 얻을 수 있었던 시간, 육아휴직을 통해 엄마로 살았던 시간이 있었기에 교사로서도 힘차게 도약할 수 있었다. 혹시라도 육아와 일 사이에서 고민하는 엄마가 있다면 아이 곁에 있어 주라고 말하고 싶다.

배우고 또 배우고

나는 배움은 필수라고 생각한다. 아이들을 만나면 만날수록 배워야 할 게 많다는 걸 느꼈기 때문이다. 대학을 졸업하고 교사가 되고 나면 그걸로 끝이라고 생각했다. 하지만 현장에서 연구하지 않고 수업에 임하면 바로 티가 났다. 그것은 바로 아이들의 반응이었다. 재미없다는 표정이 다 드러났다. 매번 똑같은 틀에 맞춰진 수업은 아이들이 딴짓하게 허용하는 것이나 다름없었다. 그런 아이들의 반응이 느껴지니 부끄러웠다. 재미있고 쉽게 가르치는 방법을 터득해야 했다.

아이들 집중력은 길지 않다. 지루하지 않게 수업하려면 다양한 기술이 필요하다. 수업과 접목할 수 있는 연수를 찾아다녔다. 수업 시작할 때, 중간에 지루해할 때, 마무리하는 시간에 할 수 있는 간단한 놀이를 배웠다. "애들아, 다 같이 집중의 박수 세 번만 해볼까? 성공하면 선생님이 노래 한 곡 부를게." "와~~ 진짜죠? 해요~ 해요~" "자, 준비~ 선생님이랑 같이 손뼉 치는 거야~" 종치고 들어가서 바로 수업하기보다는 박수 치기라도 한 번 하면 아이들 눈빛이 달랐다. 수업 시작은 가벼워야 좋다. 쉬는 시간의 어수선함도 털어내고 집중하기 위해서는 신선한 방법이 필요하다. 초임 시절에는 놀이로 가볍게 시작하는 건 상상도 못 했다. 지식을 잘 전달하고 권위 있게 수업해야 좋은 교사인 줄 알았다. 경력이 조금 쌓이자 이대로는 안 되겠다고 생각하고 간단한 손동작부터 시도하면서 집중할 수 있는 재미있는 방법을 터득했다. 계단 박수, 가위바위보 등도 적절하게 사용했다. 아이들의 반응이 없으면 빙고나 서바이벌 게임 등 다른 방법을 연구했다. 한 가지를 배우면 바로 적용하고 활용하는 것이 나의 가장 큰 무기이자 장점이다. 그 장점으로 나만의 비밀병기를 장착시켰다.

독서 모임에서 씽크와이즈를 알게 되었다. 씽크와이즈는 디지털 마인드맵 프로그램으로 생각을 성과로 바꾸는 협업 도구다. 처음 접했을 때 신세계를 만난 듯했다. 새로운 것에 대한 나의 호기심과 배움에 대한 욕구가 불타올랐다. 머뭇거리지 않고 입문 과정부터 시작했다. 조금 알고 나니 더 배우고 싶어져서 초급 일일 마스터 과정을 거쳐 중급 전문가과정까지 이어갔다. 손으로 그리는 마인드맵과 비슷한 면도 있었지만, 컴퓨터를 활용한 디지털 마인드맵으로 작성하니까 다양한 정보를 한눈에 알아볼 수 있어 좋았다. 특히 책 읽고 정리하기에 딱이었다. 책 마중을 비롯한 독서 모임에서 활용하면 모임의 격이 한층 올라간다. 기록하지 않으면 사라질 이야기들을 차곡차곡 쌓을 수 있다. 여행을 다녀와서도 일정이나 내용을 간편하게 기록할 수 있다. 좀 더 활용하고 싶어서 끝내 고급단계까지 도전했다. 평일 연수 과정만 있어 애타게 주말 연수를 기다렸다. 드디어 부산에서 1박 2일로 연수가 열렸다. 먼 거리는 아무런 문제가 되지 않았다. 강도 높은 강사양성과정을 이수했다. 배우고 익히면서 내 것이 되어가니 재미있었다. 단순한 호기심에 이끌려 배우면서 돈만 버릴 때가 숱하게 많았다. 내 것이 되려면 배우기만 해서는 안 된다. 이제는 1시간 배웠으면

10시간을 내 것으로 만드는 데 쓰려고 노력한다. 익숙해져 온전히 나에게 스며들 때까지 반복한다. 내 모습을 오랫동안 지켜보던 동료 교사가 "선생님은 영원히 학교에 남아있을 것 같아요."라고 한다. 빙그레 웃으며 나는 말한다. "배우지 않으면 가르치지 못하니까요. 평생 배우는 거죠. 뭐" 나는 여전히 배우고 싶은 것이 많다. 플루트, 기타, 드럼, 수영, 스킨스쿠버, 요리 등이 대표적이다. 누군가 "뭐 좋아해요?"라고 물으면 1초의 망설임도 없이 "새로운 거 배우는 거요!"라고 답한다.

최근에 전통 놀이 연수를 다녀왔다. 나는 놀이에 관심이 많다. 전통 놀이라고 해서 더 기대하고 갔다. 연수를 통해 전래놀이와 전통 놀이의 차이에 대해 알았다. 민간에 의해 오랫동안 전해져오면서 다양한 지역과 계층에서 즐기는 놀이를 전래놀이라고 한다. 역사적 계승성이나 문헌에 의한 고증이 어렵고 입에서 입으로 전해져 내려오는 특징이 있다. 반면 전통 놀이는 조상으로부터 전해지는 성격이 강하고 문헌적 근거가 있다. 오랫동안 우리의 역사와 문화 속에서 어우러져 이어오고 있는 전통 놀이의 교육적 가치에 대해 한 걸음 더 가까이 다가갔다.

강강술래, 제기차기, 여우야, 여우야 뭐하니? 비석 치기 등 옛 놀이가 많아 타임머신을 탄 것 같은 기분도 들었다.

나는 어릴 때 골목에서 뛰놀면서 자랐다. 해가 지고 나서도 엄마가 밥 먹으라고 소리치며 데리러 올 때까지 신나게 놀았다. 골목에는 또래 외에 언니 오빠들과 동생들도 있었다. 동네 아이들 집합소였다. 다양한 사람들과 어울려 놀면서 더불어 살아가는 법을 배웠다. 딱지치기, 팽이 돌리기, 공기놀이, 고무줄놀이 등의 기억은 지금도 생생하다. 그중 공기놀이는 손 감각을 기르는 놀이였다. 비슷한 크기의 돌멩이를 주워서 흙바닥에 앉은 채 흙먼지 마시며 놀았다. 손등에 돌멩이가 수북하게 올라가면 환호성을 질렀다. 요즘 아이들은 플라스틱으로 만든 공기놀이를 한다. 알록달록한 모양이 예쁘긴 하지만 추억을 뺏긴 듯한 마음이 든다. 아이들은 또래와 어울리며 놀아야 하는데 점점 '혼자 노는' 문화로 변하고 있어 안타깝다. 함께 하는 놀이를 통해 협력도 배우고, 양보하고 배려하는 인성 교육도 이루어진다. 또 놀아야 신체적으로 건강하다. 근육도 튼튼해지고 균형감각도 생기고 리듬감도 발달한다. 나는 골목에서 놀면서 친화력을 기르고 공동체 의식을 키우면서 정서가 풍요로워졌다. 순발력과 민첩성도 그때 배웠다. 놀이에 대한 나의 예찬은 끝이 없다. 이러한 놀이의 효과는 연구를 통해 이미 입증되었다. 즐거운 전통 놀이가 정규교육과정에 편재되어 교육활동으로 보급되면 좋겠다. 골목에서 놀았던 경험과 놀이가 곧 소통이라고 믿는다.

처음에는 학생들과 잘 지내고 재미있는 수업을 위해 배우기 시작했다. 시간이 흐르면서 배움의 즐거움 자체가 나를 성장시키고 있음을 알았다. 아이들을 생각하는 마음이 곧 나를 챙기는 일이라는 것도 배우면서 알게 되었다. 아이들 입에서 재미있는 선생님, 잘 가르치는 선생님이라는 말이 나올 때 행복하다. 그럴 때마다 배움에 배움을 더하며 노력해온 나의 모습이 자랑스럽다. 지금은 나만의 교실 수업을 넘어 여러 학교의 후배 교사들에게 영향력을 전하고 있다.

학습(學習)의 본질은 성장이다. 가정과 학교에서 배우고, 또래 친구에게서도 배운다. 어디 그뿐인가. 놀이를 통해 배우고 한 걸음 성장할 수도 있다.

"만나는 사람 모두에게서 무엇인가를 배울 수 있는 사람, 마주치는 모든 사물에서 무엇인가를 배울 줄 아는 사람이 세상에서 가장 현명하다." 탈무드에 나오는 글이다.

배우고 또 배우며 지금까지 왔다. 배움을 내 삶에 적용하고 이만큼 단단해진 것처럼 내가 가르치는 아이들도 배움의 짜릿함을 맛볼 수 있으면 좋겠다. 배움의 흔적들이 가득한 책상에 앉아 내일 수업 준비를 하는 이 시간, 또 한 번 성장하고 있다.

05

나를 위한 진정한 행복

여행! 듣기만 해도 설렌다. 익숙한 일상에서 벗어나 낯선 길 위에 서는 것이 좋다. 카피라이터의 멋진 문구 '열심히 일한 당신 떠나라!' 이 말을 들으면 당장이라도 짐을 꾸려 떠나고 싶은 충동이 일어난다. '맞아, 나는 누구보다 열심히 일했어. 떠날 자격 충분해!' 하면서 마음이 들뜨기도 한다. 하지만 현실은 호락호락하지 않다. 학교와 집에서의 촘촘한 일과로부터 놓여나기 쉽지 않다. 여행이란 단어는 사치일 뿐이었다.

우리 엄마는 '일이 보배'라고 늘 말씀하셨다. 어릴 때부터 그 말을 들으면서 자란 나는 무슨 일이든 주어지면 군말 없이 한다. 일이 없으면 불안해지니 일 중독 수준이었다. 집과 학교에서 일 구덩이에 빠져 허우적거리는 나를 발견하고는 '이게 뭐지? 나는 왜 이렇게 맨날 바쁘지?' 라는 생각이 들었다. 꼭 해야 하는 일 외에도 내가 자처해서 만든 일이 꽤 많다는 걸 알았다. 속상했다. 계속 일에 빠져 살 수는 없었다. 중요하고 급한 것 먼저라는 우선순위를 정하고 꼭 해야 하는 일 외에는 내려놓으려 했다. 그렇게 나를 돌아보기 시작하면서 여행이라는 키워드를 계속 떠올렸다.

2012년부터 주5일제 수업이 시행되었다. 직장인들은 너도나도 주말을 개인 여가 활동으로 사용했다. 금요일 저녁부터 쉴 수 있다는 생각에 신났다. 여유가 생기니 친구들과 주말여행을 떠나기 시작했다. 가까운 양평 두물머리에 종종 갔다. 이른 아침에 피어나는 물안개, 강물에 닿을 듯 늘어진 수양버들 등의 경관을 넋을 잃고 바라봤다. 드라마에 자주 나오는 400년 수령의 느티나무, 나루터 등은 동화 속 한 장면 같았다. '이런 멋진 풍경이 가까이 있었다니…….' 남한강과 북한강의 두 물줄기가 합쳐지는 풍경도 마음에 새겨졌다.

가까운 곳을 다니다가 점점 먼 곳으로 떠났다. KTX 덕분에 부산은 가볍게 다녀올 수 있었다. 나에게 부산은 자식들 먹여 살리기 위해 엄마가 쌀장사를 한 곳이라 애달픈 도시다. 엄마의 일터이자 우리 가족 생계가 걸린 곳이었다. 어릴 적 엄마를 따라다닐 때와는 달라진 모습이었다. 친구들과 다시 찾은 부산은 화려한 네온사인으로 둘러싸여 있었다. 일이 보배라고 말씀하셨던 엄마에겐 생존의 도시였을 텐데……. 이럴 줄 알았으면 엄마 모시고 달라진 부산에 자주 올 걸 그랬다. 여행을 통해 고생한 엄마의 삶도 떠올릴 수 있으니 이제야 여유를 가져 본다.

부산의 감천문화마을은 6·25 전쟁 당시 피난민들이 살기 시작한 터전이다. 부산의 역사를 고스란히 간직하고 있다. 마을 입구부터 벽화들이 다채로워서 눈이 즐겁고 산자락을 따라 알록달록한 집들이 모여있어 이국적이다. '한국의 산토리니' 라는 별명이 딱이다. 나와 친구들은 도착하자마자 동네를 배경으로 사진 찍기 바쁘다. 집들은 거의 계단식으로 되어있고, 작은 골목골목들이 미로처럼 연결되어 있어 걸을수록 재미있는 동네다. 친구들은 삼삼오오 짝지어 걸으면서 "벽화 좀 봐, 예쁘다~" "조형물이 예술이야~ " 앞다투어 감탄사를 쏟아 낸다. 산 중턱에 자리 잡고 있어 바다를 한눈에 보며 즐길 수 있고, 시간 잘 맞추면 영도다리가 올라가는 것도 볼 수 있다. 마을이 형성된 지 오래되어 정겨운 풍경이 많아 시종일관 사진을 찍으며 여행의 즐거움을 누렸다. 우리는 나이를 잊은 채 재잘거리며 골목 사이를 누비고 다녔다. 독특한 작품이 전시된 갤러리와 예쁜 카페도 많아 여행의 여유로움에 흠뻑 젖어 들었다. 군데군데 포토존이 많아 발걸음을 멈추게 한다. 특히 어린 왕자와 사막여우가 나란히 앉아 마을을 내려다보고 있는 곳은 많은 사람이 좋아한다. 나도 어린 왕자 곁에서 부산 밤바다를 내려다보았다. '떠날 수 있어서 좋아. 여행은 역시 삶의 활력소야!' 조용히 속삭여본다.

미리 계획하고 준비하면 여행의 색다른 맛이 있다. 가기 전 설렘은 일상을 활기차게 해준다. 한편 아무런 준비 없이 바로 훌쩍 떠나는 여행도 좋다. 그곳은 바로 수원성, 단연코 나의 최고 여행지이다. 퇴근길이나 휴일 새벽에 종종 간다. 누군가의 위로가 필요한 힘든 날에도 수원성을 걷는다. 아무런 이유 없어도 그냥 간다. 집을 떠났지만, 집에 온 것처럼 편하고 마음의 안정을 찾고 스트레스를 풀 수 있는 곳이다. 수원 성곽길의 전체 길이는 약 5.7km, 한 바퀴를 도는데 세 시간 남짓 걸린다. 창룡문, 화서문, 팔달문, 장안문과 암문, 수문 등 모든 시설물 가운데 가장 웅장하고 아름다운 방화수류정에 올라가면 천하를 다 얻은듯하다. 오직 나만을 위한 시간이다. 언제든 편하게 올 수 있는 수원성이 가까이 있어 종종 지인들과 함께 오기도 한다. 긴장을 풀고 즐길 수 있다. 책 한 권 들고 걷다가 각루나 포루에 올라가 읽는다. 신발 벗고 올라가면 우리 집 안방처럼 누린다. 책도 읽고 누워서 낮잠을 즐기기도 한다. 계절의 변화도 느끼고 살아가는 이야기도 나눈다. 성곽길을 걸으며 도란도란 얘기 나누다 보면 지인들도 수원성 매력에 흠뻑 젖어 든다. 창룡문 앞에는 바람 따라 연날리기하는 사람들이 진풍경을 자아낸다. 창공을 가르는 연을 보면 내 마음까지도 하늘 높이 오른다. 어디 그뿐 일까. 봄의 매화, 산수유, 제비꽃 등을 시작으로 철마다 여러 가지 꽃들이 피어나며 나를 반겨준다. 그중 최고는 가을 억새다. 노을 질 무렵, 햇살 머금은 억새는 찾는 이들의 발길을 붙든다. 바로 곁에 수원성이 있어 삶은 더 풍요로워졌다.

우리 동네 광교산은 건강을 위해 많은 사람이 오른다. 등산코스가 다양하고 계단과 능선이 적절해서 등산이기보다는 트래킹하는 기분으로 간다. 등산객의 발길이 끊이지 않는다. 정상 시루봉까지 가지 않더라도 형제봉이나 헬기장까지 가는 무난한 코스를 자주 이용한다. 내가 광교산을 찾게 된 건 지체 장애인이 되면서부터다. 재활을 위한 노력으로 운동은 일상이 되어야 하는데 나는 등산을 선택했다. 해발 1915미터 되는 지리산 천왕봉을 올라야만 제대로 된 등산일 줄 알았다. 동네 산은 우습게 알고 있었다. 등잔 밑이 어둡다고 하는 말이 딱 맞았다. 너무 가까이 있다 보니 귀한 줄 모르고 지나쳤다. 자연이 주는 위로와 치유가 얼마나 큰지 광교산에 다니면서 알았다. 틈만 나면 광교산을 예찬했다. 수일여중에서 근무할 때 교사 동아리로 '광교산을 사랑하는 모임'(광사모)의 팀장을 맡기까지 했다. 학교에서 가까워 동아리 활동하기에 적절했다. 분홍빛 진달래 피는 3월에 시작된 동아리 활동은 모범적인 사례로 발표하기도 했다. 그 후로 지리산 천왕봉과 설악산 대청봉에 도전하여 정상에 서는 기쁨을 맛보았다. 한라산 백록담은 무려 네 차례 다녀오기도 했다. 꾸준한 등산이 결국 몸과 마음의 균형까지 지켜주었다.

나를 살피는 일에 서툴렀다. 일에 파묻혀 허덕거리며 살아가는 게 당연하다고 여겼다. 끊임없이 주어지는 일들은 나를 주저앉게 했다. 익숙한 환경, 적응해버린 일상으로부터의 탈출에는 용기가 필요하다는 것을 알았다. 한번 저질러 본다는 마음으로 KTX에 몸을 싣는 순간, 여행은 일상이 되었다. 낯선 길 위에 서는 일을 즐기기 시작하니 행복이 가까이 왔다. 한 걸음 나아가니 모든 공간은 나를 반겨주었다. 여행은 세상을 새롭게 보게 해주었다.

헤르만 헤세의 말에 귀 기울여본다. "여행을 떠날 각오가 되어 있는 사람만이 자기를 묶고 있는 속박에서 벗어날 수 있다." 진정한 행복은 나를 돌보는 데서 시작된다. 나를 묶고 있는 속박에서 벗어나 여행을 떠나는 나에게 박수를 보낸다.

가슴 뛰는 삶을 향해

지난 가을, 친정 가는 길에 모처럼 모교에 들렀다. 진주 경상대학교 칠암캠퍼스, 남편을 처음 만났던 곳이다. 지금은 의대와 간호대만 남아있는 대학병원 건물이다. 정문 왼쪽에 있는 나무숲은 우리가 매일 찾았던 아지트였다. 우리들의 이야기를 고스란히 담아낸 그 숲은 흔적도 없이 사라졌다. 돌아서는 발걸음이 무척 아쉬웠다. 젊은 날의 우리가 40년을 함께 살아왔다. 추억의 장소는 사라졌지만, 마음은 어느새 그 시절에 가 있다.

친구 미근이는 사범대학에 입학했으나 교직에 뜻이 없었다. 당당하게 자연과학대학 화학과로 넘어가는 모습이 부러웠다.

친구를 만나기 위해 자연대에 자주 갔다. 덕분에 그 사람을 만났다. 1982년 5월, 그를 처음 보았다. 많은 사람 속에서 한 줄기 빛처럼 나타났다. 내 눈에는 그 사람만 보였다. 신기했다. 우리는 마침 교직과목으로 교육 심리학 수업을 같이 듣고 있었다. 수업 끝나면 자연스럽게 둘만 만나는 기회가 생겼다. 벤치에 앉아 학교생활이며 일상을 나누었다. '사람이 이렇게 편할 수 있구나!' 생소하면서도 묘한 설렘을 주었다. 그는 군대 이야기며 가족사, 학비 부담이 적은 국립대학을 찾아 진주까지 오게 된 이야기들을 들려주었다. 세상에서 제일 재미없다고 하는 군대 축구 이야기도 들을 때마다 새로웠다. 쉽지 않은 가족 이야기도 터놓았다. 나도 하나둘 내 이야기들을 꺼내놓기 시작했다. 그는 내가 하는 말을 있는 그대로 다 받아 주었다. 그래서 고민이었던 나의 진로에 대해 용기 있게 말할 수 있었다.

그 당시 내 앞날은 불투명했고 의욕이 없었다. 적성이 중요하다는 사실을 대학에 와서 더 절실히 깨달았다. 나는 뼛속 깊은 문과생이다. 시를 좋아하고, 서정적인 음악을 사랑했다. 그런 내가 적성에도 맞지 않는 과학교육학과를 선택하다니 참 아이러니한 일이다.

해부 실험은 악몽이었다. 실험 테이블의 해부 접시에 붕어 한 마리가 놓여있었다. 교수는 붕어의 비늘 개수를 일일이 세어 그대로 그리라고 했다. 비늘 개수와 크기가 같아야 하고, 옆줄의 구멍은 오직 점으로만 명암을 나타내야 했다. 숨이 막혔다. 그만두고 싶은 마음뿐이었다. 수업은 지루했다. 배우고 싶지 않았다. 더 이상 학교 다닐 이유를 찾지 못했다. 결국, 자퇴하려고 지도교수님을 찾아가서 어려움을 호소했다. 내 말을 진지하게 듣던 교수님은 전과를 권유했다. 국어교육과로 가고 싶었지만, 빈자리가 없었다. 인문계열 중에 전과가 가능한 곳은 교육학과뿐이었다. 자퇴가 아닌 다른 방법이 있다는 사실도 그때야 알았다. 하지만 전과도 쉽지 않았다. 경쟁은 치열했다. 학점순으로 결정되었다. 나는 보기 좋게 떨어졌다. 당연한 결과였다. 전과도 안 되고, 학교를 박차고 나갈 수도 없고 하루하루가 회색빛이었다.

그런 나의 상황과 속마음을 다 털어놓으니 후련했다. 쏟아 내고 나니 문제의 절반은 풀린듯했다. 온전히 내 이야기를 공감해주는 그가 참 고마웠다. 그와 있으면 마음이 차분해지면서 내 생각에 집중할 수 있었다. 나는 점점 그와 닮아갔다. 함께 밥을 먹고 차를 마시고 이야기를 나누면 불안했던 마음이 싹 사라졌다. '그래, 이왕 이렇게 된 거 한 번 부딪혀 봐야지, 지금은 달리 방법이 없잖아. 내가 할 수 있는 일에 최선을 다하자.' 그로 인해 나는 점점 달라지고 있었다. 나를 붙잡아주는 힘이 느껴졌다. 내가 이 세상에 온 이유를 '이 사람을 만나 사랑하기 위해서'라고 스스로 정의 내릴 정도였다. 사랑에 빠져 모든 것이 다 좋아 보였던 걸까? 그토록 하기 싫었던 실험도, 전공과목 공부도 그럭저럭할만했다. 사랑의 강력한 힘이라고밖에 설명되지 않는다. 내 나이 스물한 살, 세상이 오직 나를 위해 존재하고 나를 중심으로 움직이는 듯했다. 그때는 어리고 철부지였지만 '아, 이 사람이다.'라는 확신이 들었다. 이 사람이라면 어떤 일을 하든지 평생 행복한 마음으로 살 수 있을 듯했다. 삼 년을 만나고 졸업하던 해, 스물넷에 결혼했다.

남편은 사제가 되기 위해 신학교에 갔던 사람이다. 사제의 길

대신 나를 선택했다. 하늘이 맺어준 귀한 인연이다. 올해가 결혼한 지 삼십팔 년째다. 남편은 처음 만났을 때처럼 지금도 변함없이 나를 지지하고 응원해 준다. 험한 세상을 살아가는데 필요한 악착같은 모습이나 오기, 배짱은 없다. 법이 필요 없는 사람이다. '사제가 되어야 할 사람인데……'라는 생각을 종종 한다. 가끔 생각한다. '만약 그때 이 사람을 만나지 않았더라면 지금 나는 어떻게 살고 있을까?' 어쩌면 가슴 뛰는 일을 찾아 지금까지도 헤매고 있을지 모를 일이다.

6남매 중 막내인 나는 엄마를 그대로 닮았다. 열일곱 살에 종갓집으로 시집온 엄마는 일 년에 제사를 열여섯 번이나 치러야 했다. 제사나 명절뿐 아니라 애경사를 비롯하여 집안 대소사를 총괄하는 여장부였다. 제사 때마다 준비하는 음식들은 떡을 비롯하여 산더미였다. 제사를 지내고 나면 친척들과 동네 어른들에게 음식을 일일이 갖다 드렸다. 제삿밥을 머리에 이고 다녔던 내 모습이 생각난다. 그때부터 나는 심부름 대장이 되었다. 열여섯 개의 제사가 언제쯤인지, 어떤 집에 음식을 가져가야 하는지 모두 알았다. 김이 모락모락 나는 떡을 나눌 때는 발걸음도 가볍게 뛰어다녔다. 지금 생각해 보니 엄마는 나에게 나눔의 삶을 말 없이 보여주셨다. 욕심부리거나 움켜 쥐지 않고 이웃과 함께 나누며 살아가는 삶의 태도를 가르쳐 주었다. 심부름하는 것이 귀찮고 싫었지만, 어른들의 칭찬은 좋았다. 형편이 어려운 시절이었는데도 엄마는 제사 때마다 음식을 넉넉하게 준비했다. 준비하는 음식의 양뿐만 아니라 이웃들과 나누는 모습을 보면서 우리 집이 엄청 부자인 줄 알 았다. 가난하게 살았지만, 엄마는 나눔의 삶이 일상이었다. 나 그네를 그냥 보내지 않고 후하게 대접한 엄마 이야기는 우리 동네 사람들이 지금도 입을 모아 이야기한다. 2021년 5월, 아 흔넷의 나이로 엄마는 떠나셨다. 코로나로 인해 조문을 삼가 는 시기였지만 사흘 동안 끝없는 발걸음이 이어졌다. 온몸으 로 나눔의 삶을 살다 가신 엄마의 뒷모습이 뭉클했다. 사람 부 자로 살았던 엄마의 마지막 길은 '사람들'로 가득했다.

엄마는 수원에 세 번 다녀가셨다. 내가 아이를 낳았을 때마다 산후조리를 위해서였다. 일생 일에 파묻혀 살던 엄마는 여전 히 부지런하셨다. 잠시도 가만있지 않았다. 집안 곳곳을 쓸고

닦고 나를 위해 음식을 해주시고 아이를 돌봐 주셨다. 그러던 엄마가 남편이 녹화해둔 '천지창조'라는 영화를 보면서 일손을 멈추고 푹 빠졌다. 큰아들 출산 때 보았던 기억을 간직하고 있다가 둘째 아들 산후조리 왔을 때 말했다. '세상천지' 보고 싶다고. 나는 무슨 소리인지 몰랐다. 하지만 남편은 금방 알아듣고 천지창조를 틀었다. 엄마는 금방 화색이 돌면서 재미있게 봤다. 두 아들이 일곱 살 터울이니까 7년을 기다린 셈이다. 영화를 보면서 "하늘 무서워할 줄 알아라. 착하게 살아라. 나누면서 살아라."라고 당부하셨다. 엄마가 좋아하고 재미있게 보았던 세상천지는 무엇이었을까.

"사람이 온다는 건 실은 어마어마한 일이다. 과거와 현재와 그리고 그의 미래와 함께 오기 때문이다. 한 사람의 일생이 오기 때문이다." 방문객이라는 시를 읽을 때마다 사람에 대해 생각하게 된다. 나는 사람을 좋아한다. 사람으로부터 상처받기도 하고 아픔도 있었다. 하지만 회복할 힘은 결국 '사람'에게서 나온다는 것을 안다. 사람을 진심으로 대하는 태도는 한 사람의 일생을 결정지을 수도 있다. 내가 남편을 만난 것처럼 말이다.

가슴 뛰는 삶은 결국 좋은 사람과 함께 하는 것이다. 사람이 전부다.

새로운 삶을 꿈꾸며

"잘 쓰기 위해 잘 살기로 했다."

꽉, 붙잡고 싶은 문장이다. 나의 글쓰기 선생님, 이
은대 작가의 명언이다. 잘 쓰려면 결국 잘 살아야 한다는 이야
기다. 좋은 삶에서 좋은 글이 나오기 때문이다. 글보다 삶이
먼저다. 잘 사는 건 무엇일까. 사람마다 생각과 가치관이 다르
다. 나는 '오늘 하루, 성실하게 사는 것' 이라고 생각한다. 한때
출근하면 집안일 걱정하고, 집에 가면 직장일 생각하며 살았
던 적도 있다. 집에 가면 출근하고 싶고, 출근하면 집에 가고
싶을 때도 있었다. '오늘' 을 살지 못하고 어제나 내일을 사는
식이었다. 어리석었다. 오늘, 지금을 살면 될 일을 말이다. 이

제는 내가 있는 이곳, 이 자리에서, 이 순간에 최선을 다한다. 지금 나는 이 글을 쓰는 일에 집중한다. 오직 지금에 충실해지니 삶이 단순해지고 가벼워진다. 좋다. 살아가는 하루하루의 시간을 그냥 흘려보내지 않고 글쓰기로 이어가려고 한다.

한때 문학소녀를 꿈꾸었다. 글 쓰는 사람이 되고 싶었다. 국어 시간이 좋았다. 시와 소설, 수필이 나오면 눈이 반짝거렸다. 좋아하는 과목이었기에 집중력은 덤이었다. 가장 자신 있는 과목이 국어였고 시험 점수도 잘 나왔다. 초등학교 때, 내가 쓴 글이 뽑혀 친구들 앞에서 읽는 날은 기분 최고였다. 선생님이 글쓰기 주제를 주면 내 생각을 글로 쓰는 일이 즐거웠다. 그렇게 계속 지냈더라면 얼마나 좋았을까.

일기장을 뺏겼다. 내 마음을 적은 소중한 일기장이었다. 집에 내 공간이 따로 없었기에 가방 안에 넣고 다녔다. 소지품 검사라는 명분으로 가방을 뒤져서 '함부로' 가져간 사람은 다름 아닌 중2 때 담임선생님이었다. 어처구니없었다. 아무에게도 말하지 못한 고민과 사연들을 적은 글에 빨간 줄을 마구 그어 버렸다. 문학소녀의 꿈이 짓밟히는 순간이었다. 첫사랑을 향해 구구절절 담아 두었던 내 글과 마음은 산산조각이 나고 말았다. "하라는 공부는 안 하고 연애질이냐?" 앙칼진 목소리와 쏟아지는 비난은 어린 내가 감당하기에 벅찼다. 고개 숙인 채 부들부들 떨고만 있었다. 그 후로는 더 이상 일기를 쓰지 않았다. 국어 시간은 지옥이었고 딴짓만 했다. 글쓰기가 겁이 났다. 내 마음을 있는 그대로 표현할 수가 없었다. 펜을 잡은 손이 떨렸다. 다시 돌아갈 수 있다면 열다섯 살의 나에게 '괜찮아, 괜찮아, 겁내지 마' 라고 토닥이며 안아주고 싶다.

교직 경력 10년이 되던 1994년. 방송통신대학 국어국문학과에 들어갔다. 글쓰기 공부를 본격적으로 하고 싶은 첫걸음을 뗐다. 자꾸 미루면 영영 못 하게 될까 봐 방송통신대학에 가겠다는 마음을 굳혔다. 대학 졸업 이후 처음 성적증명서를 뗐다. 대학 시절의 방황이 학점에 고스란히 남아있었다. 새삼스러웠다. 졸업증명서와 함께 성적증명서를 제출했다. 2학년 전공 과정으로 바로 이어졌다. 언어와 생활, 국문학의 역사, 한국사의 이해, 동서양 고전의 이해 등 교재를 받으니 기대감으로 들뜨기 시작했다. 공부하고 싶은 마음이 꿈틀거렸다. 4월에 출석수업과 시험이 있었다. 퇴근하고 곧바로 수업을 들었다. 신세계를 만난 듯 빨려들었다. 다시 행복한 국어 수업 시간으로 돌아간 듯했다. 출석 수업이 끝나가던 어느 날, 교실 벽과 천정이 갑자기 빙빙 돌기 시작했다. 겨우 몸을 추스르고 다음 날 병원에 갔더니 기다리던 둘째 아이 임신이었다. 큰아들이 일곱 살이었는데, 둘째 아이가 생기지 않아 기다리는 중이었다. 둘째 아들 레오는 그해 11월에 태어났다. 국문학과는 한 학기를 겨우 마치고 휴학했다. 금방 복학하리라고 마음먹었지만, 끝내 돌아가지 못했다.

문학에 대한 불씨는 여전히 내 안에 살아있었다. 과학 교사로 살면서도 글쓰기 생각은 잊지 않았다. 일 년 동안 아이들을 가르치면서 다양한 활동을 하고 함께 글을 썼다. 그 흔적이 학급 문집으로 남았다. 올해가 스무 권째다. 문집을 만들 때는 학년 말 업무와 겹쳐서 일 년 중 가장 바쁜 시기다. 올해만 하고 그만할 거라고 말은 하지만 어김없이 해마다 문집작업을 해왔다. 아무도 시키지 않는 일이다. 누구도 알아주지도 않는다. 경비도 만만치 않아 학급운영비로는 감당이 안 된다. 사비를 털어 넣어 가면서도 글쓰기에 대한 열정은 이어졌다. 막상 문집이 나오면 아이들은 환호성을 지른다. 각자 쓴 글들이 책에 실려 나오면 실감한다. "선생님, 신기해요. 기분 좋아요." 아이들도 나도 행복하게 웃는다. 편집하는 아이들이 한 달 이상 끙끙 앓으면서 결국 해냈다는 뿌듯함과 보람에 젖는다. 올해 우리 반 문집 제목은 '우리가 만들어가는 행복'이다. 일 년 동안 우리가 쌓아 올린 아기자기한 행복이 한 보따리 담겨있다.

2021년 6월, 마침내 자이언트 북 컨설팅을 만났다. 대한민국 최고의 출간 프로듀서다. 첫 수업을 듣는데 가슴이 터지는 줄 알았다. 무릎을 쳤다. 멀고 먼 길을 돌아 결국 자이언트에 이르렀다. 우여곡절을 겪으면서도 글쓰기에 대한 끈을 품고 살기를 잘했다 싶었다. 이은대 작가는 급변하는 시대를 살면서 치유와 성장을 도모할 수 있는 유일한 길은 오직 "읽고 쓰는 삶" 뿐이라는 철학을 가지고 있다. 드디어 제대로 찾아왔다는 안도의 숨을 쉴 수 있었다. 이은대 작가는 일에 대한 원칙과 기준이 분명하다. 글쓰기에 대한 가르침이 단호하고 강렬하다. 강의를 듣고 나면 한 줄이라도 쓰게 된다. 글을 쓸 수 있는 이 시간이 축복이라는 것을 알게 된다.

나에게 일기란 엄청난 강박과 트라우마다. 아무도 내 가방을 뒤지거나 일기장을 뺏어 갈 수 없다는 걸 알면서도 일기 쓰기는 여전히 큰 벽이었다. 글쓰기 수업 중에 일기는 신이 내린 축복이라는 말을 들었다. 얼마나 좋으면 저렇게까지 표현할까. 두려움을 떨쳐내고 싶었다. 그냥 써보기로 했다. 하루 한 줄로 시작했다. 다음날은 두 줄, 세 줄이 가능했다. 한 줄에서 시작된 일기 쓰기는 절반을 채우고 어느덧 한 페이지를 쓸 수 있었다. 하루를 그냥 흘려보내지 않는 비법이 일기였다. 이렇게 하루하루 쓰다 보니 일기장에 대한 트라우마를 점차 떨쳐냈다. 지금은 일정한 분량으로 꼬박꼬박 일기를 쓴다. 작년 한 해 동안 쓴 일기를 읽으면 웃음이 난다. 그날 있었던 일을 고스란히 적는다. 욕도 쓴다. 사람들 흉도 본다. 풀리지 않는 고민도 쓴다. 세상 자유로운 글이 일기라는 사실을 비로소 알았다. 나는 매일 '일기 쓰는' 사람이다. 신이 내린 축복이라고까지 표현한 이유를 이제는 알게 되었다.

자이언트에서의 글쓰기 공부는 곧 인생 공부다. 왜 글을 쓰려고 하는가에 대한 근원적인 물음부터 글 쓰는 태도에 대해 생각하고 돌아보게 된다. 나는 어떤 태도로 글을 쓰려고 하는 걸까. 잘 쓰고 싶고 뽐내고 싶은 나를 본다. 욕심이다. 마음과 달리 아직 글을 잘 쓰지 못한다. 연습과 훈련이 필요하다. 손톱만큼 연습하고 잘 쓰기를 바랄 수는 없다. 답은 꾸준한 훈련이다. 앞으로의 삶은 글쓰기로 이어가려고 한다.

퇴직이 얼마 남지 않았다. 여행은 나를 생기있게 만든다. 길 위에서 만나는 사람들 이야기를 쓰고 싶다. 보고 듣고 느낀 경험을 생생하게 나누고 싶다. '여행작가'의 삶을 꿈꾼다. 예순이 넘은 나이지만 늦었다고 생각지 않는다.

여기까지 잘 살아온 나에게 박수를 보낸다. 힘든 순간 많았지만 무너지지 않았다. 한 치 앞이 보이지 않아 주저앉고 싶을 때마다 용기 냈다. 남은 생은 더 잘 살고 싶다. 주어진 오늘 하루에 최선을 다한다. 살아가는 모든 순간을 글 상자에 담아내려 한다. 읽고 쓰는 삶, 말만 들어도 벅차고 설렌다.

"학교를 떠나며"

올해 3월부터 매일 아침 교문에서 아이들을 맞이하고 있습니다. 안전 업무를 맡았거든요. 덕분에 전교생 900명을 날마다 만나고 있지요. 담임교사로 교실에서 우리 반 아이들을 맞이할 때와 비교하면 규모가 훨씬 커졌습니다. 교실에서는 아이들을 자세히 볼 수 있고, 교문에서는 넓은 시야로 바라볼 수 있네요. 넓은 안목으로 보되 세세하게 보는 역량까지 갖추면 더없이 좋은 교사가 되겠구나 싶습니다. 등교 시간 무렵, 학교 앞은 온갖 차량이 엉켜 있고 인도는 좁아서 아슬아슬합니다. 그래도 학생들은 차들을 피해서 씩씩하게 등교합니다. 밝고 힘차게 인사합니다. 가방 메고 친구들이랑 삼삼오오 들어오는 모습에 콧등이 시큰거립니다. "안녕, 어서 와~" 아이들 향한 사랑의 표현입니다. 거기까지만 하면 좋으련만. 저도 모르게 잔소리합니다. 실내화 신고 오거나 핸드폰 보면서 걷는 아이들 보면 안전이 염려됩니다. "운동화 신으세요, 슬리퍼는 위험해요!" 되풀이되는 잔소리가 교문에 울려 퍼집니다.

4월 중순 무렵부터 교문 오른쪽에 영산홍이 예쁘게 피었습니다. 바위틈에서 붉게 피어나는 모습이 우리 아이들처럼 곱습니다. 꽃들이 방긋방긋 웃고 있으니 교문에 나가는 발걸음이 한결 가볍습니다. 여러 해 근무하면서도 자세히 보지 못하고 무심코 넘겼습니다. 멈추어 바라보니 꽃 한 송이 한 송이가 얼마나 아름다운지요. 꽃들은 저마다 피는 시기가 다르고 향기도 제각각입니다. 제가 그동안 만났던 아이들도 분명 그럴 테지요. 여름에 피어야 할 꽃인데도 봄날에 똑같이 피지 않는다고 재촉하고 다그친 날들은 없었나 돌아봅니다.

영산홍이 지고 나니 이팝나무가 보입니다. 모두 여섯 그루, 하얗게 피어나고 있습니다. 무릎높이에서 강렬한 빛깔로 눈길을 끌었던 영산홍과 달리 이팝나무는 우뚝 서 있습니다. 큰 키 덕분에 고개 들고 바라봅니다. 하늘 가득 하얀 꽃들이 펼쳐져 있습니다. 늠름한 모습으로 학교를 지키고 있는 모습이 든든합니다. 이팝나무의 하얀 꽃이 하늘 향해 살랑이듯 제가 하는 잔소리가 아이들 마음에도 살랑거리면 좋겠습니다. 아침마다 건네는 인사와 웃음이 하얀 꽃처럼 아이들 마음에 피어날 거라 믿습니다.

아이들 덕분에 행복한 교육자로 살았습니다. 퇴직과 함께 '나는 교사였다'로 끝날듯하여 아쉬웠습니다. 용기 냈습니다. 교육자로 살아온 삶을 정리하는 책을 쓰기로 말이지요. 아이들이 전부였고 그 아이들을 사랑하며 살았던 시간, 열정 다한 흔적을 남기고 싶었습니다. 쓰는 내내 잘 살아 온 저 자신을 쓰다듬어 주었습니다. 숱한 세월 동안 아이들의 조력자로 살았습니다. 제 경험이 조금이라도 도움이 되면 좋겠습니다. 학교에 남아있는 후배 교사들에게 전하고 싶은 말을 담아봅니다.

첫째, 배우는 교사가 되어야 합니다.
사범대학 졸업과 함께 교사자격증을 받던 날, 한 장의 종이가 주는 무게감이 기억납니다. 2급 정교사 자격증이었지요. '아,

드디어 선생님이다.' 자격증 위력을 맛보았습니다. 천하를 다 얻은 듯 위풍당당했지요. 초임 때는 대학에서 충분히 배웠다고 생각했습니다. 3년 후, 1급 정교사 연수받고 나니 어깨가 으쓱해졌지요. 한 호봉 승급하고 부장 교사가 될 수 있는 자격이 주어졌으니까요. 돌아보니 자격연수는 배움의 시작이었습니다. 세상에서 가장 가르치기 힘든 사람은 무조건 안다고 생각하는 사람이라고 하지요. 무언가를 제대로 배울 가능성이 큰 사람은 모른다고 생각하는 사람이고요. 맞습니다. 저는 몰랐기에 배웠습니다. 무언가를 배우기 시작하면 끝까지 확실하게 배우고 싶었습니다. 대학원에서 상담을 전공하며 상담이론과 여러 기법을 익혔습니다. 아이들 학습에 도움을 주기 위해 학습 성격 유형 공부를 시작으로 학습 상담전문가 과정까지 이어갔습니다. 부모교육의 중요성을 깨닫고 효과적인 부모 역할 훈련(PET)과정을 공부했습니다. 학부모 상담에 많은 도움을 받았지요. 요즘은 에듀테크 활용 수업 열풍입니다. 협업 도구의 대표인 패들렛 기능 활용은 기본입니다. Chat GPT의 물결도 밀려오고 있습니다. 인공지능을 활용한 학습 도구 제작 방법도 요구하는 시대입니다. 종이 교과서는 곧 디지털교과서로 전환됩니다. ZEP을 이용한 메타버스 수업도 해야 하고요. 구글 프리젠테이션, 캔바 활용 등 협업을 이끄는 수업 도구도 알아야 합니다. 저는 몇 해 전부터 씽크와이즈를 배우기 시작하여 이제 에듀테크 활용 강사로 활동합니다. 배움과 익힘은 끝이 없습니다. 부지런히 배우는 교사는 성장과 변화의 중심축이 될 것입니다.

둘째, 아이들과 함께 웃는 교사가 되면 좋겠습니다.
사람의 마음은 표정으로 나타납니다. 편안할 때는 저절로 표정이 환해지고요. 걱정 근심 있을 때는 아무리 애를 써도 티가 나는 법이지요. 웃음과 관련된 연구 논문에 의하면 진짜 미소를 짓는 사람이 생활에 대한 만족도가 높고 평균 수명도 더 길다고 합니다. 눈과 입 주변 모든 근육이 움직이는 것이 진짜 웃음이라고 하지요. 마음의 즐거움은 곧 웃음으로 드러납니다. 저는 초임 시절 때 웃지 못했습니다. 웃으면 아이들이 교사를 우습게 본다는 말이 진짜인 줄 알았거든요. 전혀 그렇지 않습니다. 무게 잡고 웃지 않는 교사는 아이들 마음을 움직이지 못합니다. 아이들과 함께 웃는 선생님, 바람직한 교사의 모습입니다. 아이들 마음이 열려야 어떤 교육이든 가능하지 않을까요? 나그네의 모자를 벗길 수 있는 건 세찬 바람이 아니라 '따스한 태양'이라는 사실을 꼭 기억하면 좋겠습니다.

셋째, 아이들 곁에 있어 주는 선생님이 최고입니다.

초임 시절에는 등교 시간이 아침 8시였어요. 저는 7시 59분에 교실 문 앞에서 시계를 보면서 시간을 쟀습니다. 지각한 학생들을 일망타진(?)하고 게으름을 탓하면서 엄격한 벌을 주기 위해서였지요. 하지만 지각생이 줄어들지 않았기에 비효율적이라는 것을 알았습니다. 아이들은 원치 않는 가혹한 감독자를 두는 셈이었으니까요. 아이들과의 거리감만 커질 뿐이었습니다. '이건 아니구나……'

결국 새로운 방법을 찾았습니다. 아이들이 오기 전에 교실에 들어갔습니다. 들어오는 아이들 이름을 부르면서 반갑게 맞이했지요. 비 오는 날은 우산 접기를 도왔습니다. 깨끗한 환경에서 수업하기 위해 청소를 거들었고요. 즐겁고 안정된 분위기에서 생활하도록 그날그날의 일정을 친절하게 안내했습니다. 그렇게 저는 아이들 "곁"에 있어 주는 게 무엇인지 알게 되었습니다. 아침 시간 외에도 쉬는 시간, 점심시간, 청소 시간 등 아이들을 편하게 만날 수 있는 틈새 시간을 활용했습니다. 물리적으로 함께 있는 시간의 양이 확보되어야 하기 때문이지요. 이런 시간이 쌓이면 사랑과 관심뿐 아니라 늘 선생님의 도움을 받고 있다는 느낌을 얻고, 소속감이 충족되면서 학교생활을 즐겁게 받아들입니다.

아이들 변화가 보이니 저도 마음이 편해졌습니다. 그 후부터는 엄마처럼 편하게 생각하라고 말해주었습니다. 저에게 언제든 친근하게 다가올 수 있도록 말이지요. 다시 생각해도 잘한 일입니다. 아이들 곁에 있을 때 존재감이 빛나는 선생님, 멋지지 않나요?

교육자로 살면서 겪었던 일들을 한 권의 책에 담고 나니 만감이 교차합니다. 이제 학교를 떠납니다. 제가 채우지 못한 빈틈은 후배 선생님들이 채워 주리라 믿습니다. 제게 학교는 삶의 무대이며 추억을 담아둔 아름다운 공간입니다. 언제든 찾아오면 반갑게 맞아 줄 교정을 바라봅니다. 연둣빛 담쟁이넝쿨이 제 마음을 다 안다는 듯 빙그레 웃습니다. 다가가서 못다 한 이야기를 속삭여봅니다.

그동안 함께 해준 아이들과 동료 선생님들에게 감사를 전합니
다. '우승자'로 살아온 시간을 되살려 학교 밖 일상에서도 행
복을 전하겠습니다.

2023년 5월

우승자

교사가 행복해야 교실이 행복해집니다

초판인쇄	2023년 07월 11일
초판발행	2023년 07월 17일

지은이	우승자
발행인	조현수
펴낸곳	도서출판 더로드
마케팅	최관호 최문섭
IT 마케팅	조용재
교정교열	이승득
디자인 디렉터	오종국 Design CREO

ADD	경기도 고양시 일산동구 백석2동 1301-2
	넥스빌오피스텔 704호
전화	031-925-5366~7
팩스	031-925-5368
이메일	provence70@naver.com
등록번호	제2015-000135호
등록	2015년 06월 18일

정가 16,800원
ISBN 979-11-6338-390-1 03810

※ 파본은 구입처나 본사에서 교환해드립니다.

교육자로 살면서
겪었던 일들을 한 권의 책에 담고 나니
만감이 교차합니다.

이제 학교를 떠납니다.
제가 채우지 못한 빈틈은 후배 선생님들이
채워 주리라 믿습니다.
제게 학교는 삶의 무대이며 추억을 담아둔
아름다운 공간입니다.